PUNAISES DE LIT

Textes : © Nicolas Roux de Bézieux

Illustrations (personnages) : © Jean-Yves Grall

Direction de la publication : Isabelle Jeuge-Maynart & Ghislaine Stora

Direction éditoriale : Nathalie Viard

Responsable d'édition : Thierry Olivaux

Édition, recherche iconographique : Cécile Couet

Conception graphique et mise en page : Jean-Yves Grall

Direction artistique : Melissande Mestas

Couverture : Véronique Laporte

Fabrication : Émilie Latour

ISBN : 978-2-03-601070-3

Pour les éditions Larousse, le principe est d'utiliser des papiers composés de fibres naturelles, renouvelables, recyclables et fabriquées à partir de bois issus de forêts qui adoptent un système d'aménagement durable. En outre, les éditions Larousse attendent de leurs fournisseurs de papier qu'ils s'inscrivent dans une démarche de certification environnementale reconnue.

PAPIER À BASE DE FIBRES CERTIFIÉES

LAROUSSE s'engage pour l'environnement en réduisant l'empreinte carbone de ses livres. Celle de cet exemplaire est de :
800 g éq. CO_2
Rendez-vous sur www.larousse-durable.fr

NICOLAS ROUX DE BÉZIEUX

PUNAISES DE LIT

LE MANUEL POUR S'EN DÉBARRASSER DÉFINITIVEMENT !

LAROUSSE

Sommaire

→ *Combattez les punaises avec Columbo !*

Avant-propos

Comment la punaise de lit est entrée dans ma vie

À l'origine, ce n'était pas du tout mon univers ! Après avoir travaillé plusieurs années en marketing dans une entreprise « qui le valait bien », je suis devenu consultant en digitalisation des parcours clients dans un grand cabinet de conseil... A priori, rien à voir avec ces charmantes bestioles dont j'ignorais même l'existence !

J'ai fait la rencontre des punaises de lit à l'occasion d'une infestation chez moi. À l'époque, il était encore très compliqué de trouver des informations en ligne sur le sujet. Ma femme et moi avons donc commis à peu près toutes les erreurs possibles et imaginables ! Il nous a fallu presque neuf mois pour en venir à bout...

Nicolas Roux de Bézieux, l'auteur fondateur de badbugs.fr et Dogtector

↓

Mon binôme de choc avec Columbo

Une fois notre infestation éradiquée, j'ai eu envie de partager notre expérience et nos apprentissages. Comme je suis un amoureux des chiens, j'ai créé une entreprise spécialisée dans la détection canine des punaises de lit : Dogtector. Cette solution venue des États-Unis me fascinait.

Je me suis donc rendu en Floride pour aller chercher Columbo chez l'éleveur de référence dans ce domaine. Après plusieurs mois de travail et d'entraînement avec lui, j'ai abandonné mon métier de consultant digital pour devenir « consultant punaises de lit ».

Columbo et moi avons dès lors accompagné plusieurs milliers de personnes confrontées aux punaises, lui grâce à son flair, et moi grâce à mes conseils. Au fil du temps, j'ai ainsi pu glaner et expérimenter de nombreuses astuces pour venir à bout de ces hôtes indésirables dans toutes les situations.

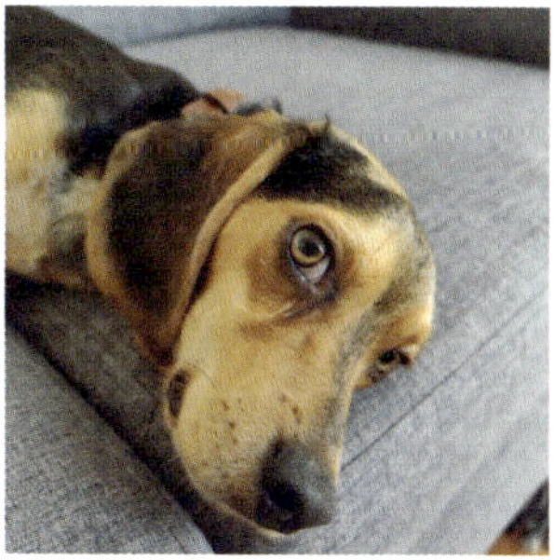

↑

Columbo, le vrai, en chair et en os (et en truffe !)

L'aventure badbugs.fr

Lorsque j'accompagnais ces personnes touchées par les punaises, une question revenait quasi systématiquement : comment trouver une entreprise sérieuse pour réaliser le traitement ?

En effet, soit par manque d'expérience, soit par malhonnêteté, nombre de sociétés profitent de ce moment de faiblesse pour vendre des prestations inefficaces ou pour gonfler la note (et souvent les deux à la fois). Avec des clients pressés, stressés et qui ne connaissent rien au sujet, les professionnels peu scrupuleux n'ont guère de mal à prospérer sur un marché pas très sexy, qui n'intéresse pas grand monde.

J'ai donc recruté et formé Charlotte et Watson pour qu'ils prennent les rênes de Dogtector, et avec quatre amis nous avons créé en 2019 badbugs.fr. L'idée était simple : mettre en ligne un site Internet le plus pratique possible pour permettre aux usagers de choisir une entreprise de traitement sérieuse sans se faire arnaquer.

Nous avons donc audité des prestataires à travers toute la France pour évaluer leurs méthodes de traitement et le degré de satisfaction de leurs clients. Puis nous les avons regroupés sur un site permettant de comparer les prix, les avis et le contenu des prestations, ainsi que de prendre rendez-vous en ligne en quelques clics.

↑

Les cofondateurs de badbugs.fr : Erwan Roux de Bézieux, Ellen Huibers, Nicolas Roux de Bézieux, Clémentine Armand et Arnaud Mattelon

De la sorte, plus de prix à la tête du client, plus de quiproquos sur le contenu de la prestation ou la durée des garanties par exemple, et plus de faux avis puisque seuls les particuliers ayant pris rendez-vous peuvent laisser un commentaire.

Chaque mois, nous accompagnons ainsi des centaines de personnes pour leur dispenser des conseils, les aider à choisir le mode de traitement qui leur correspond et à organiser leur quotidien pendant cette période délicate.

Pourquoi prendre la plume ?

Comme j'ai pu le constater sur le terrain avec Columbo, puis au standard et sur le forum de badbugs.fr, toutes les personnes qui peinent à éliminer les punaises ont un point commun : elles ont manqué de conseil et d'accompagnement.

Entre les différents modes de traitement, les protocoles à respecter, les astuces, les victimes d'infestation ont une montagne d'informations à intégrer et se trouvent vite dépassées.

Pour ne rien arranger, les recherches sur le sujet aboutissent bien souvent à tout et son contraire, les recommandations allant de « pulvérisez quelques huiles essentielles » à « faites brûler votre maison ». Ce livre propose donc un tour d'horizon des solutions pour vous aider à choisir et à mettre en place la mieux adaptée à votre situation. En établissant un plan de bataille carré, vous terrasserez à coup sûr ces satanées punaises !

Connais ton ennemie

« Connais ton ennemi et connais-toi toi-même ; eussiez-vous cent guerres à soutenir, cent fois vous serez victorieux. »

Sun Tzu, *L'Art de la guerre*

La lutte contre les punaises de lit s'apparente bien souvent à une guerre contre un ennemi presque invisible, dont vous ne pourrez venir à bout qu'au prix d'une succession de batailles. Vous découvrirez tout au long de cet ouvrage quelles sont les armes et les stratégies à adopter pour vous assurer de remporter un maximum de victoires sur ces désagréables colocataires.

Mais commençons par le commencement : connaître votre ennemi. Cette partie vous dévoilera tout ce que vous devez savoir sur les punaises de lit pour lutter efficacement contre elles. D'où viennent-elles ? Quelles sont leurs forces ? Mais aussi, et surtout, quelles sont leurs faiblesses ?

Des grottes de Lascaux au canapé du salon, en passant par la Station spatiale internationale
– La punaise de lit à travers les âges

La plupart des personnes qui subissent une infestation de punaises n'osant pas en parler, on peut donc avoir l'impression d'être confronté à un phénomène extrêmement rare le jour où l'on en découvre chez soi. Pourtant, ces insectes sont beaucoup plus courants qu'on ne le pense, et ça ne date pas d'hier !

Zoom sur...

L'anatomie d'une punaise de lit

La punaise de lit se compose de trois parties :

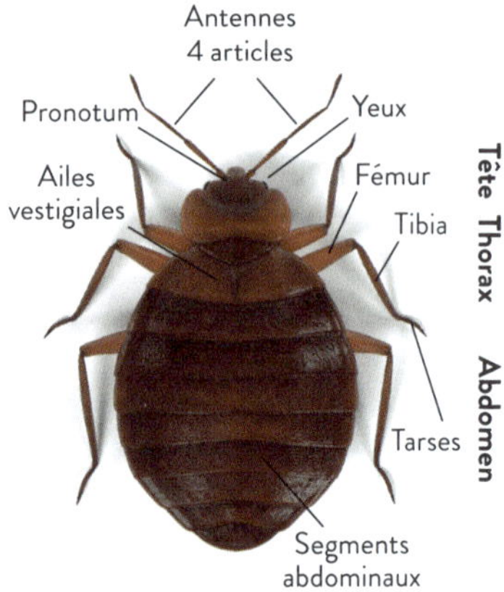

• **la tête,** sur laquelle se trouvent le rostre (le petit aiguillon avec lequel elle vous pique) et les antennes, qui grâce à un système dit chémorécepteur lui permettent de vous repérer en percevant les odeurs, les mouvements ou la chaleur ;
• **le thorax,** sur lequel se trouvent des ailes vestigiales, qui sont des embryons d'ailes hérités de leur longue évolution (par chance, elles ne se développent jamais chez les punaises de lit, vous ne risquez donc pas de croiser des punaises volantes dans votre salon) ;
• **l'abdomen,** dans lequel se trouve le système digestif, le système de reproduction et, chez les femelles, la spermathèque, qui leur permet de conserver le sperme des mâles après l'accouplement pour pouvoir pondre ensuite de manière autonome – c'est grâce à ce système qu'une seule punaise peut suffire au déclenchement d'une infestation !

Les punaises de lit sont en réalité l'un des plus vieux parasites terrestres. Une récente étude internationale publiée dans le *Journal of the American Academy of Dermatology* s'est intéressée à l'ADN de punaises collectées à travers le monde. Leurs travaux permettent de déterminer qu'elles sont apparues il y a au moins 100 millions d'années. Elles ont donc côtoyé les dinosaures.

Bien sûr, elles ne piquaient pas les tyrannosaures et autres tricératops, qui étaient nomades, mais sans doute plutôt de petits animaux creusant des terriers dans lesquels elles pouvaient se loger.

Notre chemin a probablement croisé celui des punaises il y a plusieurs centaines de milliers d'années, lorsque les hommes préhistoriques trouvaient refuge dans des grottes, où elles avaient élu domicile auprès des chauves-souris.

Depuis, elles ne nous ont jamais quittés. Les plus anciennes traces ont été retrouvées dans des sarcophages égyptiens datant de plus de 3500 ans ! Au début du XIXe siècle, la mère de Victor Hugo luttait, elle aussi, contre les punaises de lit, comme le raconte sa fille dans son livre *Victor Hugo raconté par Adèle Hugo* :

« Quand elle arrivait, elle faisait enlever tous les meubles qui étaient dans la chambre où elle allait coucher ; elle la faisait nettoyer ; et elle faisait dresser le lit qu'elle avait apporté. Elle se réveillait couverte de punaises. À la couchée suivante, elle s'imagina de mettre les quatre pieds du lit dans des seaux d'eau. Elle se croyait entièrement à l'abri : comment les punaises auraient-elles pu arriver ? Elle se réveilla couverte de punaises. Les punaises grimpaient au plafond, et se laissaient tomber du plafond sur le lit. »

Mais si les punaises de lit nous suivent depuis si longtemps, comment se fait-il que nous les connaissions aussi mal ? Tout le monde a déjà entendu parler des poux, des cafards, ou encore des termites, pourtant on découvre souvent l'existence des punaises à l'occasion d'une infestation chez soi ou chez un proche.

La raison en est simple : pendant près de 50 ans, les punaises de lit avaient quasiment disparu. Entre le début des années 1950 et la fin des années 1990, elles ont été presque totalement éradiquées, en partie grâce à l'utilisation massive du DDT. Ce puissant insecticide extrêmement cancérigène a depuis été interdit dans de nombreux pays – certaines souches de punaises y devenaient de toute façon résistantes.

Les punaises ont alors très vite regagné du terrain, d'abord en Amérique du Nord, puis en Europe. En 5 ans, entre 2000 et 2005, le nombre d'infestations a bondi de plus de 70 %[1], et les grandes villes comme Chicago, Washington, Los Angeles ou encore New York sont particulièrement touchées[2]. Certains journaux français ont même rapporté qu'elles auraient infesté la Station spatiale internationale en 2018, mais il s'agissait en réalité d'une erreur de traduction de travaux de recherche de la NASA. Les punaises de lit n'ont donc, à ce jour, pas encore mis les pattes dans l'espace, et Thomas Pesquet peut dormir sur ses deux oreilles…

En France, le décollage a été un peu plus tardif, à partir des années 2010. En 5 ans, entre 2016 et 2021, 7 % de la population française a été touchée, soit près de 5 millions de personnes[3], essentiellement dans les grands centres urbains, et en particulier en Île-de-France, où près d'une

1. D'après la National Pest Management Association.
2. Orkin's 2021 Bedbugs Cities List.
3. Ipsos pour badbugs.fr, mars 2021.

Le saviez-vous ?

Les zones géographiques les plus touchées par les punaises de lit

Les punaises de lit sont présentes un peu partout en France. Cependant, les grandes agglomérations sont plus particulièrement touchées, puisque 60 % des infestations ont lieu dans des villes de 100 000 habitants ou plus.
Toutes les régions sont touchées, mais l'Île-de-France est bien évidemment sur-représentée avec près d'un Francilien sur dix confronté aux punaises de lit au cours des 5 dernières années. À l'inverse, tout le quart nord-ouest de la France est davantage épargné que la moyenne.

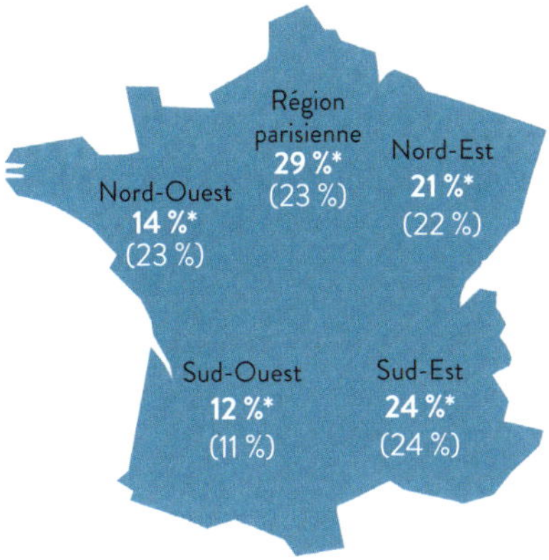

Répartition par zones	
Zones rurales	**14 %**
Villes	**86 %**
2000-19999 habitants	13 %
20000-99999 habitants	13 %
100000 habitants et plus	33 %
Paris	27 %

* En gras, proportion des personnes touchées par les punaises de lit au cours des 5 dernières années dans chaque région ; en maigre, proportion de la population française vivant dans chaque région.

Ipsos pour badbugs.fr

personne sur dix a été confrontée aux punaises de lit au cours des 5 dernières années. Vous n'êtes donc pas seul !

Certains clichés selon lesquels la présence de punaises de lit serait liée à un problème d'hygiène ont la vie dure, pourtant c'est totalement faux ! En réalité, leur redéveloppement est principalement dû à la multiplication des échanges internationaux et des voyages, qui sont de loin la première cause d'infestation de punaises de lit en France.

Petite, mais puissante
– Comment fonctionne une punaise de lit

Entre leurs capacités de reproduction hors du commun et leurs stupéfiantes facultés d'adaptation, les punaises de lit ne manquent pas d'atouts pour assurer leur survie. Cela étant, elles ont aussi bien plus d'expérience que nous, ayant précédé l'arrivée de l'Homme sur Terre de presque 98 millions d'années !

Au premier abord, les punaises n'ont pas l'air bien menaçantes : avec leur petite taille et leur look de pépin de pomme, elles ressemblent plus à leurs cousines, les punaises des bois, qu'à des parasites extrêmement coriaces ! Dans ce chapitre, vous découvrirez leur fonctionnement et ce qui les rend si résistantes. De cette manière, vous comprendrez mieux comment réagir pour vous assurer de les éliminer.

Des machines à faire des bébés

Une punaise de lit femelle peut pondre entre 4 et 15 œufs par jour durant toute sa vie. En moyenne au cours des 8 mois de son existence, une punaise femelle va donc mettre au monde entre 300 et 500 œufs. En à peine 6 à 8 semaines, ces œufs seront devenus des punaises adultes capables de se reproduire elles aussi. À ce niveau, on ne parle plus d'un arbre généalogique, mais d'une

vraie forêt ! C'est pour cette raison que les infestations de punaises progressent de manière aussi rapide et exponentielle. En quelques semaines, on peut ainsi passer d'une punaise adulte à plusieurs milliers.

Vous vous en êtes sans doute rendu compte : cette charmante progéniture est vorace. Or les punaises de lit sont des insectes 100 % hématophages, c'est-à-dire qu'elles ne se nourrissent que de sang. Chaque punaise va donc devoir vous piquer tous les 4 à 10 jours en moyenne. Ce repas durant assez longtemps, entre 5 et 15 minutes, les punaises ont plutôt tendance à agir la nuit lorsque vous êtes immobile et endormi. Par sécurité, comme les moustiques, la punaise injecte un anesthésiant au moment de la piqûre pour ne pas risquer de vous réveiller. Ce repas sanguin lui est indispensable, soit pour continuer de grandir si elle n'est pas encore adulte, soit pour trouver l'énergie de se reproduire.

Comme le montre le schéma en page suivante, de l'œuf à l'âge adulte, la punaise de lit devra franchir plusieurs stades de développement. Une fois l'œuf éclos, il lui faudra piquer au moins une fois et réaliser une mue pour passer au stade suivant. Un œuf met en règle générale une quinzaine de jours à éclore, puis la punaise passe environ un stade par semaine, et elle atteint l'âge adulte 4 à 6 semaines après l'éclosion. Une fois adulte, la punaise vivra en moyenne 8 mois. Mais cette période peut être entrecoupée de phases d'hibernation plus ou moins longues si l'environnement n'est pas propice à son développement.

Lorsqu'elles n'hibernent pas, les punaises ont une vie sexuelle totalement débridée, mâles,

Pas de panique !

À force de vous vanter *les mérites des punaises de lit, vous devez imaginer que des insectes bioniques et indestructibles ont élu domicile chez vous ! Ce n'est fort heureusement pas le cas, les punaises de lit ayant aussi leurs faiblesses, que nous évoquerons dans le chapitre suivant. L'objectif n'est bien sûr pas de vous décourager, mais de vous permettre de les comprendre le mieux possible pour ne leur laisser aucune chance.*

femelles, nymphes… tout y passe. Il n'est d'ailleurs pas rare qu'une punaise meure à la suite d'un trop grand nombre d'accouplements (une de moins !). En effet, pour inséminer la femelle, le mâle perce sa carapace et lui injecte du sperme directement dans l'abdomen. Celle-ci va ensuite le stocker dans une spermathèque. Une punaise femelle qui s'est reproduite une fois peut donc ainsi pondre durant presque toute sa vie en toute autonomie. C'est pour cette raison qu'une seule punaise peut suffire à faire partir ou repartir une infestation.

Pour résumer, la punaise de lit a mis à profit ses 100 millions d'années d'existence pour développer un mode de reproduction extrêmement

Le cycle biologique de la punaise de lit

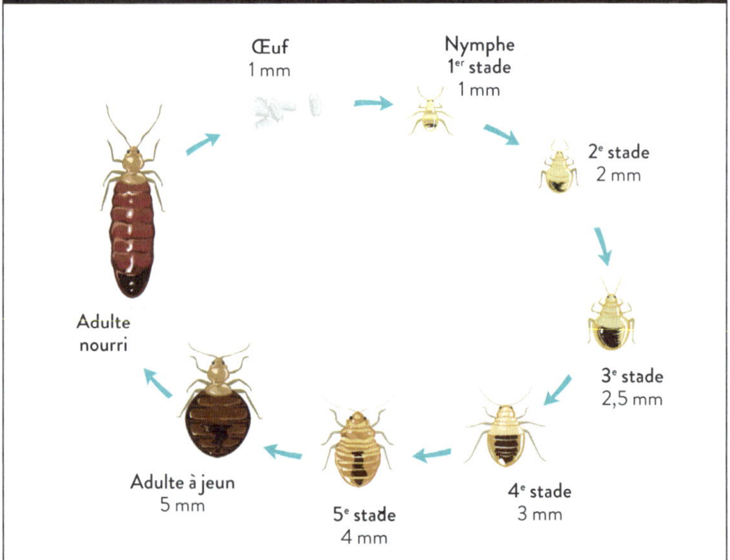

efficace qui explique pourquoi il est si compliqué d'en venir à bout. Si elles n'étaient pas aussi pesantes au quotidien, on serait presque émerveillés !

Des capacités d'adaptation hors du commun

Outre leur mode de reproduction plus qu'au point, les punaises ont aussi des capacités d'adaptation et une ténacité incomparables. Pour commencer, un certain nombre de souches ont acquis des résistances partielles à certaines molécules insecticides, notamment en développant une carapace plus épaisse. C'est pour contourner ce problème que lors d'un traitement chimique les professionnels préfèrent varier les principes actifs d'un passage à l'autre. C'est aussi pour cela que les insecticides « grand public » n'ont qu'une efficacité limitée contre les punaises de lit.

Vous avez peut-être remarqué que, comme les fourmis (et Spider-Cochon), les punaises sont capables de marcher sur les murs et les plafonds. Elles ne sont certes pas très rapides, mais cela leur permet d'aller se réfugier dans des recoins particulièrement inaccessibles. D'autant que, grâce à leur faible épaisseur, elles peuvent se faufiler dans des interstices pas plus larges qu'une feuille de papier pliée en deux. Une capacité bien utile à cet insecte assez peureux qui aime se cacher et préfère éviter de nous rencontrer en dehors de ses heures de repas, probablement pour ne pas se faire écraser. C'est d'ailleurs souvent ce qui complique les traitements thermiques, car si les punaises sont inatteignables, impossible de les éliminer ! La détection des punaises ou de traces de leur présence durant les premières semaines

> *Ils racontent*
>
> « **J'avais le projet de changer de canapé,** *et les punaises de lit ont été l'occasion de le jeter un peu plus vite que prévu. J'ai donc utilisé une bâche et du Scotch de déménagement pour l'emballer, j'ai inscrit dessus "punaises de lit", et j'ai prévenu les encombrants en expliquant la situation. J'ai bien sûr attendu la fin de l'infestation avant de faire livrer le nouveau !* »
>
> Victoire
>
> *Victime des punaises de lit en 2020*

d'une infestation peut ainsi se révéler ardue lorsqu'elles sont encore peu nombreuses.

Enfin, dernière corde à leur arc : les punaises peuvent survivre plusieurs mois en état de dormance. C'est pour cela que je parlais d'hibernation un peu plus tôt. En effet, lorsqu'elle n'a pas accès à une source d'alimentation ou que la température descend sous les 8 °C, l'insecte préfère se « mettre en pause » en attendant des jours meilleurs. De cette manière, les adultes peuvent tenir jusqu'à 18 mois sans se nourrir (partir en vacances 3 semaines ne va donc pas suffire pour les faire mourir de faim). Mais attention, les punaises ne se mettent en dormance qu'en ultime recours : lorsqu'elles peuvent piquer leurs hôtes, elles n'hibernent pas.

Maintenant que vous êtes incollable sur les formidables aptitudes des punaises de lit, intéressons-nous à leurs faiblesses. Vous identifierez ainsi les failles à exploiter pour en venir à bout.

Six pattes... et presque autant de talons d'Achille
– Les faiblesses des punaises de lit

Fort heureusement, même si elles sont coriaces, les punaises de lit sont loin d'être indestructibles ! Des millions d'années d'évolution leur ont permis de développer de nombreux atouts, mais elles n'en ont pas moins certaines fragilités que vous allez pouvoir mettre à profit.

Les punaises de lit ont cinq grands points faibles, et chacun d'entre eux va vous être utile pour les combattre. Certains vont vous permettre de les éliminer directement, d'autres de vous faciliter un peu la vie pendant la durée des traitements.

Bon à savoir

L'hibernation des punaises de lit

Pour se développer, les punaises de lit ont besoin de vous piquer régulièrement, tous les 4 à 10 jours en moyenne. Cependant, en l'absence de nourriture, elles sont capables de se mettre en sommeil pendant plusieurs mois. Si les conditions et notamment la température s'y prêtent, elles peuvent survivre ainsi entre 18 et 24 mois sans se nourrir.

Pour autant, pas d'inquiétude, vous n'allez pas vivre dans l'angoisse pendant 2 ans en redoutant un éventuel réveil. En effet, si le logement est occupé, les punaises ne se mettent pas en dormance pour le plaisir. Si vous n'êtes plus piqué pendant 3 à 4 semaines d'affilée, c'est donc que le traitement a fonctionné ! Pour savoir à partir de quand vous pouvez vous autoriser à tourner la page, consultez le chapitre « Passe-moi la lampe de poche, j'ai un doute... – Quand peut-on être certain que c'est fini ? » page 136.

Point faible n° 1 : Les punaises de lit doivent se déplacer pour se nourrir

Contrairement aux poux ou aux tiques par exemple, les punaises ne vivent pas sur nous. Elles viennent, elles nous piquent, puis elles repartent. Elles se déplacent donc hors de leur cachette au minimum une fois par semaine pour venir nous rendre visite.

Cela veut dire que l'on peut piéger leurs trajets afin de les éliminer. C'est d'ailleurs grâce à ces migrations régulières que les traitements chimiques fonctionnent. En effet, comme il serait très compliqué de pulvériser directement chaque punaise de lit, on préfère déposer de l'insecticide sur leur route, les obligeant ainsi à s'en

Bon à savoir

Les punaises ne s'accrochent pas sur nous

Contrairement aux puces (1), aux poux (2) ou encore aux tiques (3), les punaises ne vivent pas sur nous. Sauf dans le cas d'infestations extrêmement avancées, il est très rare de promener des punaises sur ses vêtements ou dans ses cheveux par exemple.

En revanche, elles adorent se glisser dans nos sacs ou valises pour voyager à l'abri des secousses. Il importe donc de mettre en place un petit protocole avant de vous rendre chez des amis par exemple. En règle générale, les gens préfèrent les bouquets de fleurs plutôt que les punaises lorsqu'on vient dîner chez eux. Vous trouverez des conseils à ce sujet dans le chapitre « Dans ma valise, il y a... – Comment éviter d'en emmener partout », page 125.

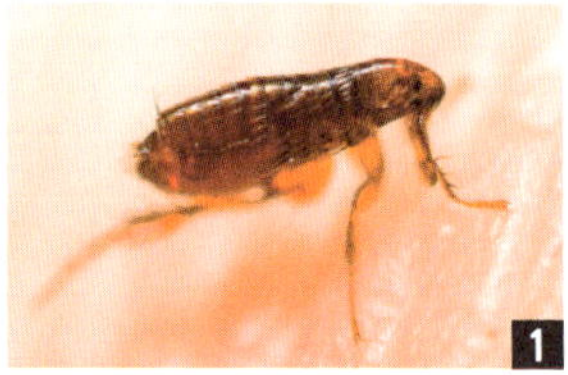
1

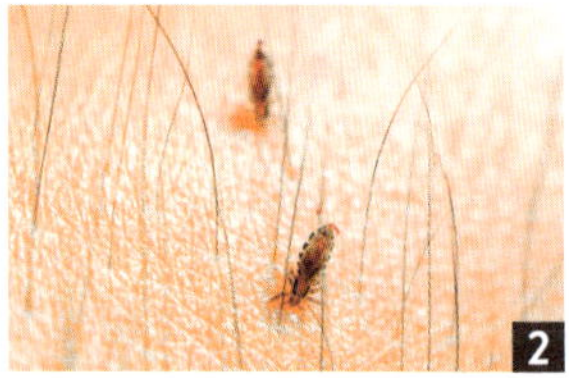
2

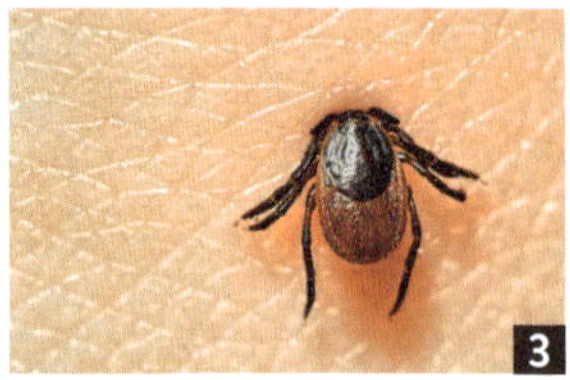
3

recouvrir chaque fois qu'elles viennent se nourrir. C'est pour cela que vous devez continuer de vivre dans les pièces touchées durant un traitement chimique. Vous êtes en quelque sorte le fromage sur la tapette à souris !

Point faible n° 2 : Les punaises supportent mal les températures extrêmes

La température idéale pour les punaises de lit se situe entre 25 et 35 °C. Avec ce type de climat, elles s'épanouissent particulièrement rapidement et sont très actives. C'est ce qui explique que les infestations se développent plus vite en été. C'est aussi la raison pour laquelle la généralisation du chauffage central au début du XIXe siècle a beaucoup contribué à leur expansion.

En revanche, si le thermomètre monte trop haut ou descend trop bas, les punaises de lit sont incapables de survivre. Par exemple, elles ne résistent que quelques dizaines de minutes à plus de 60 °C, et à peine quelques minutes au-delà de 90 °C. De la même manière, elles meurent au bout de quelques jours au-dessous de -18 °C et survivent quelques secondes sous -50 °C.

Ce point faible peut donc être exploité à la fois pour réaliser des traitements thermiques dans les logements, mais aussi pour s'assurer que le linge et plus généralement les affaires ne contiennent aucune punaise de lit.

Point faible n° 3 : Les punaises ne sautent pas et ne volent pas

Si les punaises sont capables de grimper sur des surfaces verticales, ce sont en revanche des insectes dits rampants, qui ne savent ni voler ni sauter. Là aussi, on peut donc plus facilement « piéger » leurs trajets.

Cela va de plus vous permettre d'isoler assez simplement un certain nombre d'objets et de zones, et d'empêcher les punaises d'y pénétrer. En effet, une bande d'adhésif double face très collant constitue une frontière infranchissable pour les punaises de lit !

Par ailleurs, elles s'accrochent assez mal sur nous et voyagent plus volontiers en se glissant au fond d'un sac. Vous pouvez donc vous déplacer à votre aise, sans risquer de contaminer tous les lieux dans lesquels vous vous rendez, pour peu que vous évitiez au maximum de prendre avec vous sacs à main ou sacs à dos.

Point faible n° 4 : Les punaises ne font pas de trous

Si les punaises de lit sont très douées pour se glisser dans de minuscules interstices, en revanche elles ne sont pas en mesure de creuser ou de percer ni les textiles, ni les papiers, ni les sacs plastique. Elles sont donc incapables de rentrer dans un matelas ou un coussin s'il n'est pas déjà percé, et il est donc inutile de vous en débarrasser en cas d'infestation avérée.

Puisqu'elles ne peuvent pas faire de trous, un simple sac-poubelle bien fermé suffira à protéger votre linge une fois qu'il sera traité. Vous pourrez aussi utiliser des housses pour les enfermer dans votre matelas si ce dernier est troué, et les laisser ainsi mourir de faim.

Point faible n° 5 : Les punaises de lit doivent piquer pour se développer

Puisque les punaises sont 100 % hématophages, et qu'elles ont besoin de se nourrir pour passer d'un stade de développement à l'autre et pour pondre, elles sont très dépendantes de leurs hôtes. Lorsqu'il leur est impossible de piquer pendant plusieurs semaines, l'infestation est donc « mise en pause » : les punaises ne meurent pas, mais elles ne se multiplient pas non plus.

Bien sûr, vous n'allez pas quitter votre logement pendant 18 mois pour les laisser mourir de faim. Mais si vous devez partir quelques semaines, ou qu'il est vide par exemple entre deux locataires, vous pouvez être sûr de ne pas découvrir une infestation plus importante à votre retour.

Le saviez-vous ?

Les prédateurs de la punaise de lit

La punaise de lit a assez peu de prédateurs naturels. Cependant, un certain nombre d'insectes se font un plaisir d'en éliminer une ou deux de temps à autre. La « machine à tuer des punaises » est la scutigère véloce, un petit mille-pattes que l'on croise plutôt à la campagne.
Les mites et les cafards peuvent aussi occasionnellement supprimer quelques punaises, tout comme certains autres insectes plus rares tels que les fourmis pharaon, les pseudo-scorpions, ou encore les punaises prédatrices (réduviidés).
Malheureusement, sauf à en lâcher des milliers dans votre appartement, vous ne pourrez pas miser sur ces alliés pour venir à bout des punaises. En effet, elles se reproduisent beaucoup trop vite pour que les autres insectes tiennent le rythme !
Vous devrez donc plutôt vous reposer sur le prédateur numéro un de la punaise : l'Homme (pour découvrir les différentes méthodes de traitement, voir le chapitre « Vous êtes ici – Comment s'y retrouver parmi les différents traitements », page 50).

Scutigère véloce →

Maintenant que vous connaissez mieux les punaises, leur fonctionnement et leurs points faibles, il va être temps d'établir un diagnostic pour savoir à quel niveau d'infestation vous faites face. Nous allons donc voir dans la partie suivante comment les trouver et détecter les signes de leur présence.

Étape I

Poser le diagnostic

Pour vous permettre de choisir la stratégie la mieux adaptée dans votre lutte contre les punaises de lit, il est capital d'établir un diagnostic fiable dès le départ. En effet, en fonction de votre niveau d'allergie aux piqûres, de l'importance de l'infestation à laquelle vous faites face, du nombre de pièces touchées, etc., la méthode de traitement ne sera pas la même. Cette partie passe en revue les différentes étapes qui vont vous permettre d'évaluer la situation au plus juste.

C'est grave, docteur ?

La punaise de lit est-elle dangereuse pour la santé ?

Lorsqu'on se fait piquer toutes les nuits ou presque par un insecte, on se demande naturellement si on ne risque pas de tomber malade ! Sont exposés dans ce chapitre les différents symptômes qu'entraînent les punaises de lit et la manière de les prendre en charge. Attention, bien sûr, cela ne remplace en aucun cas une consultation avec votre médecin si vous deviez développer des signes inquiétants.

Bonne nouvelle : la punaise de lit ne transmet aucune maladie. Si ces insectes sont extrêmement coriaces et qu'il est particulièrement pénible de cohabiter avec eux, ils ne sont cependant pas porteurs d'agents infectieux (ni bactéries ni virus par exemple). Vous pouvez donc souffler : à la différence des puces, des tiques ou encore des moustiques, la piqûre de punaise ne peut engendrer de problèmes plus graves que la lésion cutanée qui en résulte, et se révèle finalement bien moins dangereuse qu'une piqûre de moustique !

Il existe une exception à cette règle : une souche de punaises de lit particulière originaire d'Amérique du Sud, mais assez peu présente en Europe, peut être porteuse d'un parasite responsable de la maladie de Chagas[4].

La punaise ne transmet donc pas de maladies. Pour autant, il ne faut pas négliger la prise en charge des boutons, en particulier chez les personnes très allergiques et les enfants en bas âge.

4. punaiseclic.org

Mieux vaut désinfecter systématiquement les lésions cutanées pour éviter tout risque d'infection lié aux démangeaisons.

La réaction à la piqûre est extrêmement variable d'un individu à l'autre. Elle peut aller de plaques d'urticaire ou de boutons de la taille d'une soucoupe à café pour les personnes les plus réactives à une absence totale de traces pour environ 30 % de la population qui n'est pas allergique. Dans le cas le plus courant d'une réaction modérée, vous pouvez utiliser une crème apaisante afin de limiter les démangeaisons.

Bon à savoir

Contrairement aux moustiques, les punaises ne transmettent pas de maladies

Les punaises de lit sont des colocataires particulièrement pénibles et complexes à éradiquer. En revanche, par chance, contrairement à celle du moustique, leur piqûre ne transmet aucune maladie. Sauf dans de très rares cas, vous n'avez donc pas à vous inquiéter des conséquences des piqûres en dehors des boutons qu'elles provoquent. Enfin une bonne nouvelle !

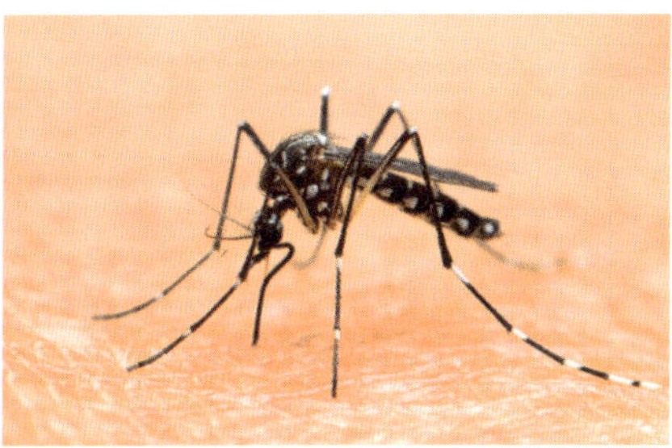

Pas de panique !

Pas de chance,
vous faites partie des personnes très allergiques aux piqûres. C'est bien sûr particulièrement désagréable et bien souvent assez inesthétique. Deux bonnes nouvelles cependant : tout d'abord, si vous faites le choix d'un traitement thermique, le rythme des piqûres devrait très vite diminuer. Ensuite, à l'inverse des personnes qui ne sont pas allergiques, vous ne devriez plus jamais subir d'infestation. En effet, vous êtes le meilleur détecteur de la Terre, et vous vous en apercevrez à coup sûr si votre chambre d'hôtel est squattée !

Ils racontent

« ***L'infestation a duré très longtemps dans mon cas,*** *près de neuf mois. Entre les nuits sans dormir, les week-ends à la laverie à traiter et retraiter mon linge, les dépenses inattendues et l'isolement de peur de contaminer des proches, cela a été très dur psychologiquement. Et même maintenant que l'infestation est terminée depuis plusieurs années, ce stress de les voir revenir est toujours présent dans un coin de ma tête.* »

Claire

Victime des punaises en 2018

En cas d'allergie forte, mieux vaut consulter un médecin, qui pourra éventuellement vous prescrire des antihistaminiques pour limiter l'ampleur de vos réactions. Attention, cependant, une fois votre logement traité, il est préférable, avec l'accord de votre médecin, d'arrêter les antihistaminiques pour vous assurer que vous n'êtes plus piqué, et que les punaises sont bien éradiquées.

Le principal risque pour votre santé concerne plutôt votre bien-être psychologique. En effet, certaines personnes ont tendance à développer des troubles anxieux ou des insomnies en raison de leur infestation. Le manque de sommeil, le stress et l'isolement liés aux punaises peuvent avoir des effets délétères. Environ 72 000 personnes ont ainsi consulté leur médecin pour un problème de punaises de lit en 2019, et près de 40 % d'entre elles en raison d'une dégradation de leur état psychologique. N'hésitez donc pas à vous faire accompagner si vous vivez pareille situation. Parfois, ces troubles perdurent bien après la fin de l'épisode invasif, tant il est compliqué de « tourner la page » des punaises de lit. Entre l'angoisse d'être réenvahi et le traitement du linge qui se prolonge presque toujours au-delà de la fin de l'infestation, il faut un certain temps avant le retour à une vie normale (voir à ce sujet le chapitre « Je te dis que ça me gratte ! – Comment éviter de devenir parano », page 139).

De manière générale, les punaises ne présentent pas de risque direct pour votre santé. Pour autant, conformément aux recommandations de l'assurance maladie, n'hésitez pas à consulter votre médecin si vous souffrez de très fortes réactions allergiques ou si la situation affecte fortement votre moral et la qualité de votre sommeil.

Ça vous chatouille ou ça vous gratouille ?

Comment reconnaître une piqûre de punaise de lit

Dans la traque des punaises de lit, les piqûres sont bien souvent le premier indice qui alerte votre flair de détective. S'il n'est guère évident d'attribuer un bouton à ces insectes du premier coup d'œil, vous pourrez en avoir le cœur (presque) net en menant une enquête rigoureuse.

Comme nous l'évoquions dans le chapitre précédent, la réaction à la piqûre de punaise peut être très variable d'un individu à l'autre, le niveau d'allergie influant beaucoup sur la manifestation cutanée. Malheureusement, même un dermatologue ne sera en mesure de faire la différence entre un bouton de punaise isolée et celui d'un moustique juste en les observant. Pourtant, un certain nombre d'éléments peuvent confirmer ou infirmer la thèse d'une infestation de punaises.

Commençons par l'aspect du ou des boutons présent(s) sur votre corps. Chez la plupart des personnes, la piqûre entraîne une **petite lésion, d'environ 1 à 3 mm et assez peu enflée**, qui ressemble beaucoup à celle d'un moustique. En règle générale, la zone du bouton est assez rouge. Pour environ 30 % des gens, la piqûre ne suscitera absolument aucune réaction, tandis que dans de plus rares cas, cela pourra occasionner des cloques de plusieurs centimètres de diamètre.

→

Exemples de réactions « classiques » aux piqûres de punaises de lit.

En scannant le QR code, vous pourrez zoomer sur les photos ci-contre.

↓

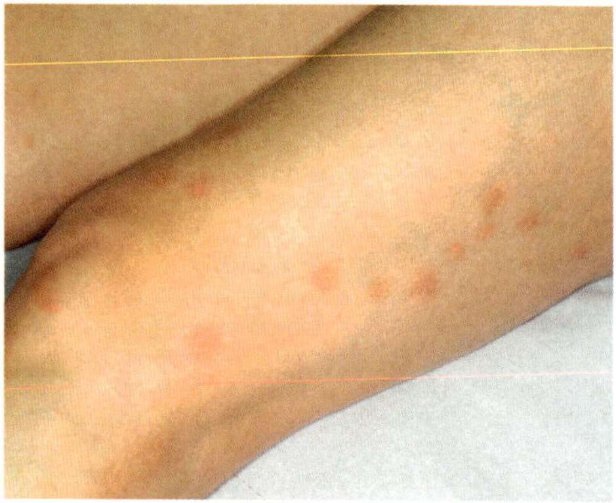

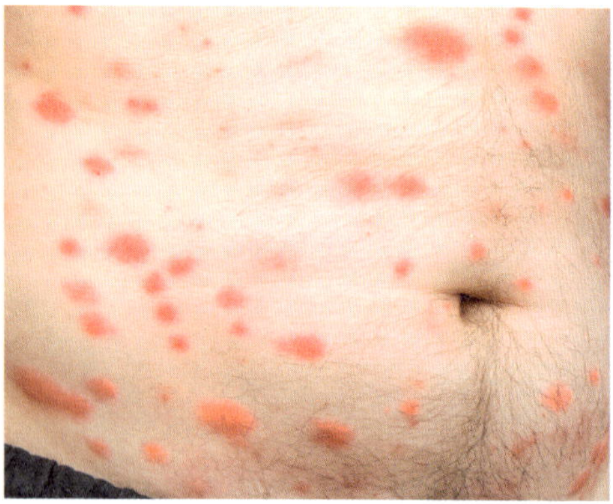

Par ailleurs, il convient de noter que, comme les moustiques par exemple, les punaises ont souvent des **cibles de prédilection**, qui les attirent plus que d'autres. Plusieurs facteurs entrent en ligne de compte, mais on constate le plus souvent qu'elles privilégient plutôt les personnes qui émettent le plus de chaleur, qui bougent le moins dans leur sommeil, et qu'elles ne sont guère adeptes des peaux poilues. Il est donc tout à fait possible que si deux personnes dorment dans un lit infesté, seulement l'une d'elles soit piquée, surtout au début d'une infestation, quand les punaises sont encore peu nombreuses.

Passons maintenant à l'**emplacement des piqûres**. Les punaises de lit étant plutôt peureuses, et leur repas durant assez longtemps, de l'ordre de 5 à 15 minutes à partir du moment où elles ont piqué, elles préfèrent logiquement se mettre en sécurité pour ne pas risquer de se faire écraser au beau milieu de leur festin et se nourrissent le plus souvent depuis un textile (les draps, votre pyjama, etc.) afin de ne pas vous grimper directement dessus. C'est pourquoi les piqûres apparaissent principalement sur les parties découvertes du corps. Pour limiter les zones touchées, mieux vaut donc adopter le pyjama à manches longues plutôt que le style Marilyn Monroe (le Chanel n° 5 n'étant pas, à ma connaissance, un répulsif anti-punaises).

Les piqûres de punaises sont **souvent groupées, et en ligne**, en particulier si vous bougez la nuit. En effet, lorsque vous vous tournez par exemple, vous les dérangez pendant leur repas et elles doivent s'y reprendre à plusieurs fois pour se nourrir. Pour autant, si les punaises sont très peu nombreuses, il est tout à fait possible que les piqûres soient isolées et que vous ne soyez pas couvert de boutons (tant mieux, cela veut dire que l'infestation n'en est qu'à ses débuts).

Dernier élément qui peut vous servir à confirmer ou pas que vos piqûres sont l'œuvre de punaises de lit : leur **fréquence**. Chaque punaise de lit pique tous les 4 à 10 jours environ lorsqu'elle en a l'opportunité. De plus, elles se reproduisent rapidement, et au bout de 2 à 3 semaines d'infestation les premiers œufs se mettent à éclore.

Ils racontent

“ ***Pendant les neuf mois de notre infestation,*** *j'ai été la seule à me retrouver couverte de piqûres. Mon mari n'est visiblement pas allergique, ou pas au goût des punaises en tout cas. C'est une des raisons pour lesquelles nous avons tardé à comprendre qu'il s'agissait de punaises. Heureusement qu'une de mes collègues m'en a parlé en voyant les piqûres alignées sur mon bras. »*

Claire

Victime des punaises en 2018

Pas de panique !

Selon les personnes, *le bouton n'apparaît pas toujours immédiatement après la piqûre. Très souvent, il surgit le lendemain, dans le courant de la journée, voire chez certains plusieurs jours après. Si vous voyez un bouton éclore au bureau, cela ne veut donc pas nécessairement dire que vous avez contaminé votre lieu de travail !*

Si du jour au lendemain vous vous réveillez avec 40 boutons, il est donc peu probable que ces derniers viennent de punaises de lit, sauf si vous venez de récupérer un sommier totalement infesté. De la même manière, si vous avez seulement quelques boutons sporadiques depuis 6 mois, ce n'est probablement pas lié à un problème de punaises. En revanche, si votre rythme de piqûre augmente progressivement depuis plusieurs jours ou plusieurs semaines, c'est beaucoup plus inquiétant.

Hercule Poirot
et l'affaire du clic-clac

Les différents indices de la présence de punaises de lit

Comme nous l'avons vu dans la partie précédente, les piqûres dont vous êtes victime ne suffisent pas, hélas, à affirmer de manière certaine que vous faites face à une infestation de punaises de lit. Il va donc vous falloir partir à la recherche de ces nuisibles et des traces de leur présence.

L'objectif de cette enquête minutieuse est triple :

- Elle va d'abord vous permettre de confirmer la présence de punaises si vous n'en aviez pas encore repéré.
- Si la présence de punaises est avérée, vous pourrez quantifier le niveau de l'infestation contre laquelle vous devrez lutter dans les semaines à venir.
- Enfin, elle va vous aider à cibler les pièces de votre logement qui sont les plus touchées, où vous devrez concentrer vos efforts.

Comment procéder ?

Pour mener vos recherches, armez-vous d'un rouleau de ruban adhésif transparent, d'une lampe de poche et, si possible, d'une loupe. Le premier indice que vous pourriez trouver, ce sont bien sûr les suspectes elles-mêmes, aux différents stades de leur développement :

Le portrait-robot de la punaise de lit

Vous trouverez différentes photos des punaises et de leurs traces en flashant le QR code ci-dessous.

↓

- **Les œufs :** souvent regroupés en amas, ils ressemblent à de minuscules grains de riz translucides d'à peine 1 mm de long.
- **Les punaises en cours de développement :** elles mesurent de 1 à 5 mm et sont d'un jaune translucide ; les plus jeunes ressemblent beaucoup à des graines de sésame. Si elles ont piqué récemment, leur abdomen peut être rouge-marron en raison du sang qu'elles ont ingurgité.
- **Les punaises adultes :** elles ressemblent beaucoup, quant à elles, à des pépins de pomme tant par leur taille (5 mm environ) que par leur couleur, marron-rouille. Lorsqu'elles viennent de se nourrir, leur abdomen est dilaté et elles peuvent être un peu plus longues.

Si votre infestation est récente, il est possible que vous ne trouviez pas immédiatement des punaises. Mais d'autres traces de leur passage peuvent vous mettre, pour ainsi dire, la puce à l'oreille :

- **Les déjections :** elles ressemblent aux taches laissées par un stylo-plume que l'on aurait secoué. Si vous trouvez une marque suspecte sur une surface lisse (une plinthe ou un sommier par exemple), passez un essuie-tout humide sur la tache. Si c'est bien une crotte de punaise, elle devrait « baver », puis s'enlever.

- **Les mues** : elles ont l'aspect de petites coquilles jaunes translucides. Ce sont les anciennes carapaces de punaises qui ont grandi. Là aussi, en cas de doute, attrapez-les avec un ruban adhésif pour ensuite les comparer à des photos ou les montrer à un professionnel.

Dans certains cas, vous trouverez peut-être sur vos draps des taches de sang étalées, qui correspondent bien souvent à une punaise que vous aurez écrasée pendant votre sommeil (bien joué, une de moins !). Attention, cependant, ces taches ne sont pas spécifiques aux punaises. Si vous avez de nombreux boutons non identifiés, il peut aussi s'agir simplement de traces que vous aurez laissées en les grattant.

Maintenant que vous êtes équipé et que vous savez quoi chercher, en piste, détective !

Pas de panique !

Tomber nez à nez *avec une punaise n'est jamais une expérience agréable ! Pour autant, aucune raison de paniquer ni de perdre ses nerfs. Peut-être aurez-vous envie de partir en courant ou de vous procurer un lance-flammes, mais mieux vaut simplement essayer de l'attraper avec un ruban adhésif. De cette manière, en cas de doute, vous aurez tout loisir de la comparer aux images ci-dessus à tête reposée.*

←

Punaise adulte et nymphes

Notice de démontage

Où chercher des traces de punaises de lit ?

Afin de confirmer la présence de punaises et d'évaluer le cas échéant le degré d'infestation, commençons par passer en revue les différents endroits où vous avez le plus de chances de trouver leur trace.

Avant de démarrer vos recherches, vous devez avoir en tête que les punaises de lit sont globalement assez feignantes. Elles ont donc tendance à se nicher à proximité de leur garde-manger afin de limiter leurs trajets jusqu'à leur casse-croûte nocturne. Il va donc falloir concentrer vos efforts autour des zones où vous vous tenez le soir et la nuit.

Outre le ruban adhésif, la lampe de poche et éventuellement la loupe, comme mentionné dans la partie précédente, n'hésitez pas à vous munir d'un tournevis afin de pouvoir démonter certaines parties de meubles si besoin, les punaises appréciant les recoins sombres et confinés.

Avant de partir sur le terrain, rappelons une consigne de sécurité essentielle : le risque principal dans ce type d'inspection approfondie est de faire migrer les punaises d'une pièce à l'autre. Lorsque vous cherchez, essayez donc au maximum de ne pas déplacer de meubles ou d'affaires de pièce en pièce, ce serait en effet le meilleur moyen de disséminer des punaises un peu partout !

Bien sûr, qui dit punaise de lit, dit inspection du lit. Commencez donc par le **matelas** (1), en vous concentrant particulièrement sur les boudins qui en font le tour et sur les poignées latérales. Passez ensuite au **sommier** (2) : s'il est tapissé, retirez le tissu qui en recouvre le fond afin de pouvoir accéder aux lattes, puis inspectez celles-ci et le cadre de lit. N'hésitez pas à démonter quelques lattes, plutôt au niveau de la tête de votre lit. C'est un refuge particulièrement prisé par les punaises.

Si votre sommier est équipé d'une tête de lit, n'hésitez pas à la démonter. Les punaises ont tendance à se nicher au niveau de la zone où repose notre tête plutôt que près de nos pieds. Examinez aussi minutieusement vos tables de chevet et leur contenu, ainsi que les **meubles à proximité** (8). Scrutez en détail les jointures entre les différentes parties du meuble et les trous dans lesquels se logent les vis.

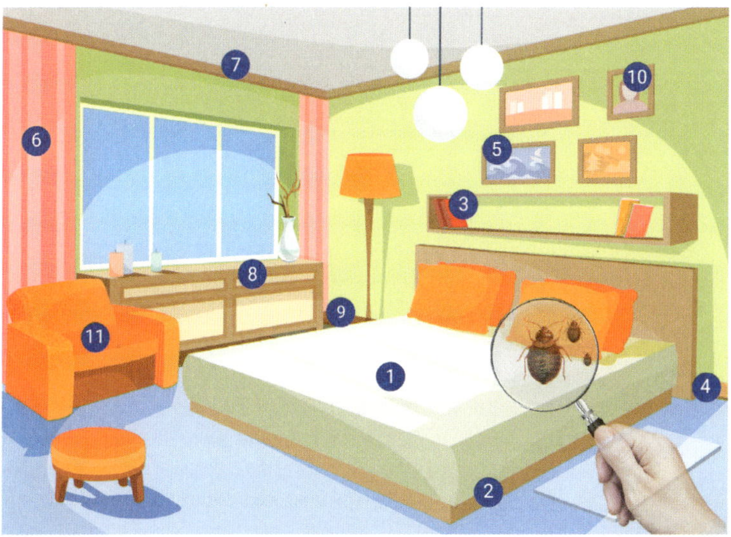

> **Pas de panique!**
>
> **Vous avez repéré** *des signes d'une infestation de punaises, mais vous ne trouvez aucune trace de leur présence? Durant les 4 à 8 premières semaines d'une infestation, les punaises sont très peu nombreuses et souvent bien cachées, et peuvent donc être particulièrement difficiles à débusquer. Ne rien trouver est donc plutôt une très bonne nouvelle : soit ce ne sont pas des punaises, soit l'infestation est très récente. Pour en avoir le cœur net, pensez à faire appel à la détection canine évoquée dans la partie suivante.*

Passez aux étagères et bibelots situés à proximité de votre sommier et de votre canapé. Les punaises peuvent se réfugier dans les **livres** (3), en particulier lorsque ces derniers sont proches du lit. Elles peuvent se glisser entre les pages ou sous les parties mobiles des couvertures. Jetez aussi un œil derrière les éventuels **tableaux** (5) et à l'intérieur des **cadres photo** (10).

Concentrez-vous ensuite sur les **plinthes et goulottes électriques** (4), ainsi que sur les **prises et interrupteurs** (9). Pour les plinthes, il est souvent compliqué de les inspecter sans les arracher complètement. S'il existe un espace en dessous, glissez-y une carte de crédit pour en faire sortir les punaises qui pourraient s'y loger. Pour les prises et interrupteurs, ils sont normalement assez simples à démonter, en veillant bien sûr à couper le courant au préalable. Vous pouvez en profiter pour glisser une cuillerée à café de terre de diatomée à l'arrière (voir le chapitre « La minute Davy Crockett – Comment utiliser la terre de diatomée pour piéger les punaises », page 105).

Enfin, inspectez les ourlets de vos **rideaux** (6) et les petites fissures des **poutres** (7) le cas échéant. Vous pouvez ensuite répéter l'opération dans les autres chambres et dans le salon, notamment à proximité du **canapé** (11).

Attention, si vous avez déjà réalisé un ou plusieurs traitements sans succès, en particulier chimiques, il est possible que vous trouviez des punaises dans des endroits totalement improbables. En effet, si elles ont réussi à échapper à l'insecticide, c'est sans doute qu'elles sont parvenues à trouver un recoin inaccessible dans lequel se réfugier durant le traitement.

Le meilleur ami de l'Homme

Dans quels cas privilégier une détection canine ?

Vous en avez sans doute entendu parler lors de vos recherches sur les punaises de lit : il existe des chiens spécialement entraînés pour les détecter. Dans un certain nombre de cas, le chien et son maître peuvent être des alliés précieux et faciliter les choses dans votre combat contre les punaises.

La détection canine des punaises de lit fonctionne quasiment comme celle d'explosifs ou de drogues. Les chiens sont formés à reconnaître l'odeur qu'émettent les punaises de lit vivantes à tous leurs stades de leur développement, de l'œuf à l'âge adulte. Le flair des chiens leur confère un taux de fiabilité de l'ordre de 95 %. C'est donc de loin la méthode la plus efficace pour détecter les punaises. Lorsqu'il en renifle, le chien réalise ce que l'on appelle un « marquage passif », c'est-à-dire qu'il s'assied à proximité de la source de l'odeur. De cette manière, son maître et vous savez que des punaises sont présentes dans un périmètre d'environ un mètre autour du marquage.

Une intervention de détection canine se déroule en règle générale en deux temps. Pour commencer, le maître et son chien réalisent un diagnostic assez rapide : quelques dizaines de minutes pour un appartement standard. Puis le maître-chien établit avec vous un

Le saviez-vous ?

L'odeur des punaises de lit

Comme leurs cousines des bois, les punaises de lit émettent une odeur désagréable. Heureusement, cette dernière est beaucoup plus faible et quasi imperceptible. Mais dans le cas d'une très forte infestation, même les humains peuvent la déceler. Ces glandes odoriférantes ont un mérite : elles facilitent le travail des chiens détecteurs. En effet, contrairement à nous, les chiens peuvent flairer l'odeur des punaises même lorsque l'infestation en est à son tout début.

← *Punaise des bois*

état des lieux pour que vous puissiez sélectionner ensemble la stratégie de traitement la plus judicieuse à adopter par la suite. Afin d'éviter tout soupçon de conflit d'intérêts, la plupart des maîtres-chiens ne proposent pas de traitement. Ils peuvent donc vous orienter en toute objectivité vers la solution qui leur semble être la plus appropriée.

Cela étant, pourquoi faire venir un chien pour détecter les punaises de lit si vous savez déjà qu'elles logent chez vous, ou que vous en êtes presque certain ? En réalité, la détection canine n'aura un intérêt que dans cinq cas de figure :

Cas n° 1 : Vous suspectez une potentielle infestation récente

Nous l'avons évoqué, durant les 4 à 8 premières semaines d'une infestation, il est très complexe, voire impossible de confirmer visuellement la présence de punaises de lit. Faire intervenir un chien détecteur vous permettra donc de lever plus rapidement le doute et de lancer le traitement avant que les punaises n'aient eu le temps de trop se multiplier et se disperser.

Cas n° 2 : Vous vivez dans un logement de grande surface (plus de 60 m²)

La détection canine vous permettra de réaliser un état des lieux des pièces touchées et des pièces saines. De cette manière, vous pourrez concentrer vos efforts pour le traitement du linge et des affaires (évoqué dans le chapitre « Ça, ça passe à 60, tu crois ? – Comment traiter son linge », page 101) uniquement dans les pièces infestées, ce qui vous fera gagner beaucoup de temps et d'énergie. Attention, le chien ne peut pas indiquer très précisément où se trouvent les punaises, et ces dernières sont bien sûr capables de se déplacer. Au sein d'une pièce touchée, il ne sera donc pas possible de traiter vos affaires seulement dans certaines zones et pas dans d'autres.

Cas n° 3 : Vous n'êtes pas allergique aux piqûres de punaises

C'est plutôt une chance, car cela vous évitera de vous réveiller couvert de boutons durant toute la période de l'infestation. En revanche, une fois le traitement fini, il vous est impossible de savoir s'il a fonctionné ou non, sauf à laisser les punaises se réinstaller pendant plusieurs semaines jusqu'à ce que vous les voyiez. Comme le chien est entraîné à ne signaler que la présence de punaises ou d'œufs vivants, la détection canine vous permettra de savoir si elles ont bien toutes été éliminées. Attention, pour éviter tout risque de faux positif, après un traitement thermique, il faut attendre au moins 10 jours avant de faire venir le chien, et 3 à 4 semaines après un traitement chimique.

Pas de panique !

Les chiens renifleurs *sont entraînés à détecter les punaises et rien que les punaises. Il ne s'agit pas d'anciens chiens policiers reconvertis. Il n'y a donc pas de risques de faux marquages, ni pour d'autres insectes ni pour quoi que ce soit qui pourrait se trouver dans votre appartement lors de l'inspection.*

↑
Chien détecteur et son maître réalisant un diagnostic

Cas n° 4 : Vous avez déjà réalisé plusieurs traitements sérieux sans succès

Dans des cas complexes ou inexplicables, l'intervention d'un chien peut aider à mieux identifier les causes de la résistance d'une infestation. La détection canine pourrait permettre de débusquer un foyer de punaises insoupçonné derrière une cloison ou dans une voie d'aération par exemple. Le rapport du maître-chien et éventuellement l'échange avec le professionnel en charge du traitement permettront alors de mieux cibler les prochaines actions.

Cas n° 5 : Il existe une suspicion d'infestation généralisée dans votre immeuble

Ce n'est heureusement pas le cas le plus fréquent, mais cela peut arriver. Lorsque l'on fait face à ce type d'infestation généralisée, seul un traitement simultané de l'ensemble des appartements touchés (et parfois des appartements mitoyens) permettra d'éradiquer le problème. Dans une telle situation, l'intervention d'un maître-chien est plus que recommandée afin d'établir un état des lieux complet et indiscutable de votre immeuble. Cela évitera les réunions de copropriété à rallonge afin de savoir si tel ou tel résident est ou non concerné. Mieux vaut dans ce cas que la demande soit portée par votre syndic qui aura le pouvoir d'imposer la détection aux éventuels copropriétaires récalcitrants.

En dehors de ces cinq situations, la détection canine ne présente pas ou peu d'intérêt. Typiquement, si vous habitez dans un studio et que vous avez vu des punaises, il n'est absolument pas utile de faire intervenir un chien. Malheureusement, dans ce cas, il faudra traiter de toute façon l'ensemble de l'appartement et de son contenu. De la même manière, si vous êtes très allergique aux piqûres de punaises, une détection post-traitement n'a pas vraiment d'intérêt, car vous êtes de loin le détecteur le plus fiable qui soit.

D'autant que la détection canine représente un certain budget qui vient s'ajouter à celui du traitement de votre appartement. Les prix fluctuent évidemment en fonction de votre région, de la surface de votre logement et de l'entreprise choisie, mais le tarif sera de l'ordre de 200 euros pour un appartement d'une soixantaine de mètres carrés.

Ils racontent

« ***Trois semaines après notre retour de vacances,*** *nous étions piqués de plus en plus régulièrement, mais nous ne trouvions aucune trace de punaises. Nous avons fait intervenir un chien pour en avoir le cœur net. Malheureusement, nous avions bien des punaises de lit, et par chance il n'y en avait que dans notre chambre. Ça nous a évité de devoir vider les placards des enfants et du salon ! En plus de ça, nous avons pu profiter de l'expertise de la maître-chien, qui nous a indiqué que notre appartement ancien ne se prêtait pas vraiment au traitement vapeur que nous souhaitions privilégier. C'est assez compliqué de s'y retrouver quand on découvre le problème, car tous les conseils que nous trouvions sur Internet semblaient contradictoires. Elle nous a tout expliqué et nous a aidés à faire un planning jour par jour de ce que nous devions faire.* »

Christian

Victime des punaises en 2020

Qui dit mieux ?

Estimez le niveau d'infestation auquel vous faites face

Une fois que vous connaissez le rythme des piqûres et que vous avez pu inspecter votre logement dans les moindres recoins à la recherche de traces de punaises de lit, il convient d'estimer le niveau d'infestation auquel vous êtes confronté.

Pas de panique !

Parler d'infestation *de punaises de lit à vos proches, ce n'est pas forcément le meilleur moyen de mettre l'ambiance à l'apéro, je vous l'accorde. Mais c'est primordial ! Nous en reparlerons plus en détail à l'étape 4, mais il importe de les prévenir ne serait-ce que pour éviter qu'ils ne vous recontaminent dans quelques mois.*

Évaluer le degré d'infestation va vous permettre de dater approximativement la période où celle-ci a commencé, et donc d'identifier la ou les sources potentielles. Si, par exemple, la date de début coïncide à peu près avec un séjour chez un proche ou dans une résidence secondaire, vous pourrez prévenir les personnes concernées afin qu'elles traitent elles aussi le problème chez elles.

Les niveaux d'infestation

Identifier le niveau d'infestation auquel vous êtes confronté va aussi et surtout vous donner la possibilité d'adapter au mieux la stratégie de traitement que vous allez mettre en place. Cela vous permettra enfin de savoir si plusieurs traitements seront nécessaires pour venir à bout de ces nuisibles.

• **Stade n° 1 : C'est le plus souhaitable.** Vous faites face à une infestation très précoce, qui date de moins de 4 semaines. À ce stade, il n'y a pas plus d'une vingtaine de punaises chez vous, sans doute moins. Vous et vos proches êtes piqués au maximum 2 à 3 fois par semaine et, sauf coup de

←

Déjections révélant la présence de punaises de lit

chance, vous n'avez pas dû trouver la moindre trace de punaises lors de votre inspection. Dans ce cas de figure, il peut être intéressant de tenter un traitement « maison », car les chances qu'il soit efficace sont encore assez bonnes.

• **Stade n° 2 : Vous êtes face à une infestation faible** qui date de moins de 2 mois, et il n'y a pas plus d'une centaine de punaises chez vous. En moyenne, vous et vos proches êtes piqués 2 à 3 fois maximum par nuit (mais si vous n'êtes pas allergique aux piqûres, vous pouvez ne pas vous en rendre compte). Après 5 à 6 semaines d'infestation, les premières traces commencent à être visibles en cherchant bien. Lors de votre enquête, vous avez pu trouver une punaise ou quelques déjections dans un recoin, a priori dans une seule pièce. Face à une infestation faible, il est encore possible de tenter un traitement « maison », mais ses chances de succès sont assez réduites. En cas d'échec, il ne faudra donc pas s'acharner et passer au niveau supérieur.

• **Stade n° 3 : Vous êtes confronté à une infestation modérée** qui date d'il y a 2 à 4 mois maximum. À ce stade, les punaises commencent à être nombreuses, et vous pouvez être piqué jusqu'à une dizaine de fois certaines nuits. Lors de votre inspection, vous avez dû trouver des punaises ou leurs traces au moins dans une pièce de votre logement et potentiellement dans plusieurs. Si c'est votre cas, le traitement par vous-même n'est plus une option, mais un traitement professionnel aura de très bonnes chances de succès dès le premier cycle.

• **Stade n° 4 : Vous faites face à une infestation forte à très forte.** Très souvent, ce type d'infestation sévère survient chez des personnes peu ou pas allergiques aux piqûres de punaises de lit. En effet, à ce stade, celles-ci peuvent piquer jusqu'à plusieurs dizaines de fois certaines nuits ! Lors de votre inspection (et parfois même sans chercher), vous avez dû trouver très facilement plusieurs punaises de lit et de nombreuses traces de leur passage, et, sauf exception, plusieurs pièces de votre logement sont touchées. Si

c'est votre cas, pas de panique. En vous faisant accompagner par un professionnel sérieux, et à condition d'être particulièrement rigoureux dans le respect du protocole, vous parviendrez à vous en sortir. En revanche, il n'est pas impossible que l'entreprise ait besoin de réintervenir à l'issue du premier cycle de traitement.

↑

Nid de punaises de lit dans un sommier à lattes

À présent que vous avez pu réaliser un bon diagnostic, que vous connaissez le niveau d'infestation du logement, et que vous savez quelles pièces sont les plus touchées, vous pouvez passer aux choses sérieuses et vous intéresser aux traitements proposés pour vous débarrasser de ces désagréables colocataires !

Étape 2

Choisir le mode de traitement

Grâce au diagnostic que vous avez réalisé, vous allez pouvoir choisir le mode de traitement qui vous convient le mieux. Les punaises de lit étant du genre coriace, de nombreuses méthodes ont été développées pour en venir à bout. Si les différents modes de traitement professionnel présentent des taux d'efficacité à peu près équivalents, en revanche les modalités pratiques varient beaucoup de l'un à l'autre. Pour faire simple, plus le traitement sera confortable pour l'usager, plus il sera coûteux.

Vous êtes ici

Comment s'y retrouver parmi les différents traitements

Traitement chimique, vapeur, astuces de grand-mère, cryogénisation, méthodes naturelles, canon à chaleur, etc. : l'arsenal déployé contre les punaises de lit est vaste. Il y en a pour tous les goûts et il est souvent assez compliqué de s'y retrouver. D'autant que chacun défend sa chapelle et sa technique miracle. Avant de rentrer dans le détail, voici une petite cartographie des différents modes de traitement possibles et de leurs avantages et inconvénients.

Commençons par une mauvaise nouvelle : quoi que l'on vous dise, il n'existe pas de traitement miraculeux contre les punaises de lit. Tout d'abord, gardez à l'esprit que toute méthode a ses points faibles, personne ne peut vous garantir que 100 % des punaises auront disparu à l'issue du traitement. Le taux d'efficacité d'un traitement professionnel sérieux dépend bien sûr de nombreux facteurs, à commencer par le niveau d'infestation et la configuration du logement, mais en moyenne, lorsque les consignes préparatoires sont bien respectées, il est de l'ordre de 80 %. Le taux d'efficacité d'un traitement maison est encore bien inférieur, c'est pourquoi il n'est envisageable que dans certains cas.

Si vous habitez dans un appartement moderne et que votre infestation est très récente, ce taux sera évidemment plus élevé, tandis que si vous vivez dans un logement ancien et que votre infestation dure depuis neuf mois, il sera beaucoup plus faible. Pour autant, pas de panique, personne n'est condamné à vivre avec des punaises jusqu'à la fin de ses jours ! Dans les 20 % de cas où le traitement ne fonctionne pas du premier coup, un ou plusieurs autres passages seront simplement nécessaires, souvent sans frais supplémentaires si l'entreprise choisie dispose d'une garantie de résultat.

Face à ces chiffres, vous comprendrez aisément qu'il importe de choisir un mode de traitement adapté à votre situation pour faire partie des 80 % ! Cela étant, à quelques exceptions près que nous allons évoquer, tous les modes de traitement professionnel se valent en matière d'efficacité. Votre décision va donc plutôt se jouer sur un certain nombre d'autres critères.

Traitement maison ou professionnel ?

C'est le premier choix que vous allez devoir faire. Le traitement maison vous demandera certes nettement plus de travail, mais il a le mérite d'être moins coûteux lorsqu'il est correctement réalisé et qu'il fonctionne. À mon sens, cette option n'est envisageable que si, lors de votre diagnostic à l'étape précédente, vous avez pu estimer que vous faites face à une infestation de stade 1 à 2 grand maximum. Au-delà, les chances de succès d'un traitement maison sont trop faibles : cela risque donc de vous coûter beaucoup plus cher, et de vous prendre davantage de temps et d'énergie.

Si vous vous orientez vers un traitement « maison », il sera nécessaire de combiner plusieurs méthodes pour maximiser les chances de succès (voir à ce sujet le chapitre « Opération MacGyver – Le déroulement d'un traitement

Traitement d'un divan à l'aide d'insecticide

↓

Pas de panique !

Dans certains cas, *si vous êtes locataire, le propriétaire est tenu de vous rembourser les frais de traitement lorsque ce dernier est réalisé par un professionnel (pour en savoir plus, voir le chapitre « L'addition, s'il vous plaît ! – Propriétaire ou locataire, qui doit payer le traitement ? » page 86).*

"maison" », page 60). Par ailleurs, consacrez-y tout de même un certain budget. Si réaliser le traitement vous-même sera plus économique (environ moitié moins cher qu'un traitement chimique professionnel), pour autant ce ne sera pas gratuit. Prévoyez entre 100 et 300 euros selon la surface de votre logement.

Traitement chimique ou thermique ?

C'est le deuxième choix que vous aurez à faire si vous décidez de faire intervenir une entreprise spécialisée. D'un côté, le traitement chimique professionnel peut être réalisé avec des insecticides de synthèse ou naturels. C'est de très loin la méthode la plus employée, essentiellement pour des raisons de coût. Il s'agit en effet du mode d'intervention le plus abordable, avec un budget de l'ordre de 350 euros pour 50 mètres carrés en Île-de-France. Tout aussi efficace qu'un traitement thermique, il est cependant plus long et il fait appel à des insecticides. Ce traitement est donc à éviter dans la mesure du possible pour les bébés, les femmes enceintes et les personnes souffrant de troubles respiratoires graves.

Les traitements thermiques, quant à eux, ont le mérite d'être plus rapides. Leur efficacité est immédiate, et ils ne recourent pas à des insecticides (même si de nombreux professionnels proposent de combiner les méthodes). En revanche, certains modes de traitement thermique ne fonctionnent pas, ou mal, dans les logements anciens ou à la configuration complexe. Ces techniques sont aussi nettement plus onéreuses : de l'ordre de 800 à 2 000 euros pour 50 mètres carrés en Île-de-France selon le mode de traitement thermique choisi.

Traitement thermique ciblé ou global ?

Si vous faites le choix d'un traitement thermique, reste à décider lequel. Il en existe trois grands types : la vapeur, la cryogénisation et le canon à chaleur.

Le traitement vapeur est le plus abordable des trois. Le principe en est simple : un technicien envoie de la vapeur sous pression dans chaque recoin de votre habitation pour « griller » les punaises. Malheureusement, cette méthode perd en efficacité dans les logements anciens ou complexes, car elle nécessite un contact direct entre la vapeur et les punaises. Si un insecte est caché sous un plancher ou dans un coffrage, il sera impossible de l'atteindre, et le traitement ne fonctionnera pas.

Les différents traitements anti-punaises de lit

	Traitement « maison » mixant chimique et thermique	Traitement chimique par pulvérisation et fumigation	Traitement par vapeur ou cryogénisation	Traitement par canon à chaleur
	Traitement réalisé en 2 ou 3 sessions espacées de 15 jours	*Traitement en 2 ou 3 passages espacés de 15 jours à l'aide d'insecticides*	*Traitement en 1 passage par pulvérisation d'un jet de vapeur sèche ou de neige carbonique*	*Traitement en 1 passage par chauffe de l'ensemble du logement à 60 °C*
	+/- 200 € pour 50 m² à Paris	**+/- 350 €** pour 50 m² à Paris	**+/- 1000 €** pour 50 m² à Paris	**+/- 2000 €** pour 50 m² à Paris
	Traitement économique si réalisé pour une infestation mineure	*Traitement économique adapté à tous les logements*	*Traitement réalisé en une journée sans insecticides*	*Traitement réalisé en une journée sans insecticides ni besoin de traiter son linge*
	Traitement complet à réaliser soi-même. Durée d'un à deux mois minimum	*Traitement du linge à réaliser soi-même. Durée d'un mois minimum*	*Traitement du linge à réaliser soi-même et moins adapté aux appartements anciens*	*Prix élevé et traitement impossible à réaliser au-dessus du 5e étage*

Le traitement par cryogénisation est un peu plus coûteux que la vapeur, mais il fonctionne mieux dans les logements complexes. En effet, à la place de la vapeur, le technicien utilise de la neige carbonique à près de -80 °C pour surgeler les punaises, ce qui permet d'exercer une pression beaucoup plus forte sur une zone d'action plus étendue.

Enfin, le traitement par canon à chaleur consiste à faire monter la température de l'ensemble de votre habitation à plus de 60 °C pendant plusieurs heures. Il existe plusieurs technologies pour ce faire, mais en règle générale une machine centrale ou un générateur installé à l'extérieur est relié par des câbles à des ventilateurs chauffants disposés dans le logement. Cette approche plus globale a le mérite de vous dispenser de traiter votre linge et vos affaires si votre intérieur n'est pas trop encombré. En revanche, elle est très coûteuse et, en raison de la nécessité de relier les ventilateurs au générateur, elle n'est pas réalisable en étage élevé.

Tous ces modes de traitement présentent des avantages et des inconvénients. Le prix et la disponibilité de chaque méthode peuvent bien sûr varier énormément d'un département à un autre.

Les petites lignes du contrat

Certains traitements présentent-ils des risques ?

Si votre principal objectif est bien évidemment d'éliminer les punaises de lit de votre logement, il convient cependant de garder en tête les risques de dommages collatéraux pour les éviter dans la mesure du possible ou vous y préparer s'ils sont inévitables.

Dans le cadre d'un traitement contre les punaises de lit, vous pouvez faire face à trois types de risques distincts : ceux liés à un éventuel échec du traitement, les risques potentiels pour votre santé, et enfin et surtout les risques de dommages qu'il pourrait causer. Ces risques sont bien sûr limités et mineurs en comparaison de l'enfer que représente la cohabitation avec des punaises ; pour autant, il importe que vous ayez conscience de leur existence. Ne sont abordés dans ce chapitre que les risques « normaux » auxquels un traitement, tout aussi sérieux soit-il, peut vous exposer. Je n'évoquerai pas ceux que peuvent vous faire courir des interventions qui ne respecteraient pas les réglementations ou réalisées par des professionnels peu consciencieux.

Les risques liés à un éventuel échec du traitement

Quelle que soit la méthode choisie, vous devez avant tout vous inquiéter d'un éventuel échec du traitement. Comme nous l'avons vu précédemment, cette issue est malheureusement fréquente, car l'élimination des punaises est bien souvent particulièrement ardue.

Si malheureusement cela devait être votre cas, il est important que vous soyez couvert par une garantie de résultat de la part de l'entreprise qui intervient, afin de ne pas être contraint de payer de nouveau en cas de problème (pour une évocation plus détaillée des garanties et de leurs conditions, voir le chapitre « Cherche partenaire particulier – Comment choisir une entreprise de traitement sérieuse et éviter les arnaques », page 81). C'est là un critère de choix déterminant.

Outre ce risque d'ordre financier, il faut aussi retenir que tout traitement qui serait mal réalisé, en particulier à l'aide d'insecticides, compliquerait les interventions suivantes. Que vous utilisiez vous-même des insecticides grand public, ou qu'un professionnel applique des produits plus dosés, si le cela ne fonctionne pas, les punaises restantes seront plus résistantes aux molécules et mieux cachées. Il faut donc à tout prix éviter de ne traiter qu'« à moitié », en ne respectant pas complètement les protocoles, et/ou de faire intervenir des professionnels douteux.

Pas de panique!

On s'en sort! *Ce n'est pas parce que vous avez connu plusieurs échecs que vous ne viendrez pas à bout des punaises, c'est seulement parfois un peu plus complexe et plus long. Si c'est votre cas, n'hésitez pas à réclamer les fiches techniques des produits utilisés chez vous, que l'entreprise est tenue de vous fournir. De cette manière, si un autre professionnel doit intervenir à sa suite, il pourra adapter les molécules qu'il va appliquer pour limiter les risques de résistance.*

Les risques pour votre santé

Comme nous l'avons vu dans la partie précédente, les punaises de lit ne présentent pas ou très peu de risques directs pour votre santé. Il serait donc dommage que le traitement pour les éliminer lui soit préjudiciable.

Les **insecticides professionnels dits de synthèse** qui sont les plus fréquemment employés sont réglementés et subissent toute une batterie de tests avant d'être manipulés par des professionnels formés à leur usage. Par sécurité, on préfère toujours limiter leur utilisation lorsque le logement est occupé par des personnes dites à risque (femmes enceintes, bébés, personnes souffrant de troubles respiratoires graves, etc.). Pour autant, dans le cas général, et si vous respectez bien les consignes données par l'intervenant, ces traitements ne présentent pas de danger. La plupart du temps, il vous sera demandé de quitter votre logement durant au moins 4 heures après l'intervention, puis d'aérer 1 à 2 heures ensuite, mais ce protocole peut varier en fonction des molécules utilisées.

Concernant les **insecticides grand public**, même si leurs dosages en principes actifs sont beaucoup moins élevés que ceux des produits à accès réglementés, ils n'en restent pas moins nocifs s'ils sont mal utilisés. Lisez donc bien les consignes de sécurité avant d'en faire usage et munissez-vous d'équipements de protection lorsque c'est nécessaire. Par ailleurs, comme je l'évoquais plus haut, n'employez pas ces produits sans réaliser un protocole de traitement complet. Ce serait au mieux inefficace et coûteux, et au pire contreproductif.

S'agissant des **insecticides et répulsifs naturels**, il convient de se montrer vigilant, naturel ne signifiant pas sans danger (personne ne dormirait avec des mygales ou des scorpions même bios). Il existe tout un éventail d'insecticides et de répulsifs naturels ou d'origine naturelle, pour certains en vente libre et pour d'autres accessibles uniquement aux professionnels. Pour la partie insecticide, on retrouve souvent le géraniol, le pyrèthre ou encore la terre de diatomée.

Ils racontent

« ***L'entreprise de traitement a dû venir quatre ou cinq fois*** *au lieu des deux passages initialement prévus pour venir à bout de notre infestation, car malheureusement nous avions commis pas mal d'erreurs avant de les faire intervenir. Déjà, nous avons mis du temps à comprendre ce qui se passait. En plus, nous avons mal utilisé des insecticides achetés dans des boutiques spécialisées, et nous avons éparpillé des punaises un peu partout. Heureusement, les passages supplémentaires ne nous ont pas été facturés, sinon l'addition aurait été très salée !* »

Cécile

Victime des punaises en 2020

↑
Traitement chimique de mobilier par des professionnels

Or, si ces produits peuvent être utilisés pour éliminer les punaises, c'est que leur principe actif présente un risque s'il est mal maîtrisé. Reportez-vous donc à leur notice d'utilisation (pour la terre de diatomée, voir le chapitre « La minute Davy Crockett – Comment utiliser la terre de diatomée pour piéger les punaises », page 105). Attention il existe aussi toute une flopée de remèdes de grand-mère, pour certains dangereux, pour d'autres inefficaces (voir à ce sujet le chapitre « Je vais te faire un grog ! – Les remèdes de grand-mère un peu douteux », page 112).

Les risques de dommages dans votre logement

Tous les modes de traitement contre les punaises présentent des risques spécifiques de dégradation. Les professionnels font de leur mieux pour tenter de « limiter la casse », mais vous n'êtes malheureusement pas à l'abri de quelques mauvaises surprises.

Les **traitements insecticides** sont souvent formulés dans des solutions assez grasses, que vous devez laisser en place plusieurs semaines. Leur utilisation peut donc engendrer des taches indélébiles. Cela se produit la plupart du temps sur des textiles (housse de canapé, matelas, etc.), des papiers peints, ou sur les parquets non traités (certes jolis, mais en l'absence de vernis pour les protéger, les insecticides peuvent s'y incruster).

Les **traitements à la vapeur ou par cryogénisation** présentent à l'inverse un risque pour les bois vernis. Il peut arriver que les très fortes ou les très faibles températures fassent blanchir le vernis de certains meubles. La vapeur est aussi susceptible d'endommager certains textiles synthétiques de mauvaise qualité, qui peuvent fondre ou se rétracter sous l'effet de la chaleur.

Enfin, le **canon à chaleur** peut parfois faire craqueler certaines peintures, en particulier si ces dernières sont récentes. Les meubles en bois contrecollé premier prix n'apprécient pas non plus toujours le passage à 60 °C pendant quelques heures.

Il est malheureusement difficile de prévenir ces risques de dégradation, mais mieux vaut y être préparé. Voyons maintenant un peu plus en détail les spécificités et le déroulement de chacun des modes de traitement.

Opération MacGyver

Le déroulement d'un traitement « maison »

C'est souvent la première étape dans la lutte contre les punaises de lit. Si vous faites face à une infestation de stade 1 à 2, et que vous procédez de manière méthodique et rigoureuse, les chances de succès seront assez bonnes.

Comme nous l'avons évoqué, lorsqu'il est mal réalisé, le traitement « maison » est bien souvent une première étape qui tend à compliquer les futures interventions. Ce chapitre a pour objectif de vous présenter une méthode détaillée pour maximiser vos chances de réussite et pour faire en sorte que ce traitement maison soit votre première et dernière bataille contre les punaises de lit.

Puisque vous n'avez ni la possibilité d'acheter des insecticides professionnels ni l'expérience des traitements thermiques, l'idée consiste à croiser les méthodes d'élimination pour cumuler leur efficacité. Vos armes seront donc à la fois mécanique, thermique et chimique, de manière à laisser le moins de chances possibles aux punaises.

Voici les différents cas dans lesquels un traitement maison est contre-indiqué :

- vous faites face à une infestation de stade 3 ou plus ;
- vous habitez un logement « complexe » ;
- vous n'avez pas de temps à consacrer au traitement ;

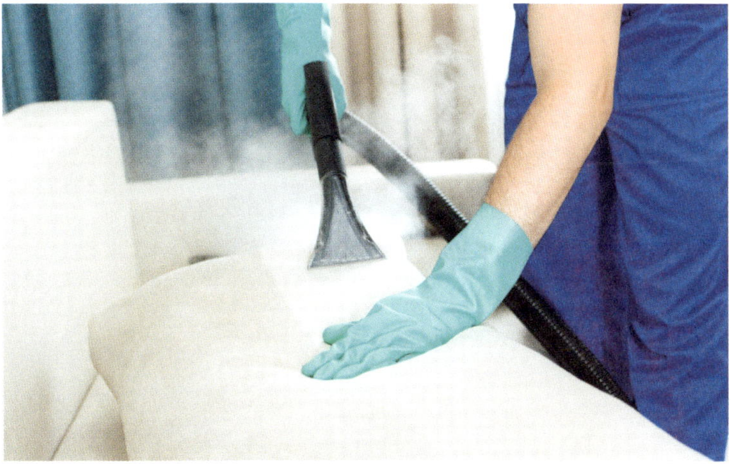

↑
Traitement d'un canapé à la vapeur

- des traitements ont été réalisés sans succès ;
- le traitement professionnel est moins coûteux (cela peut être le cas pour de grandes surfaces) ;
- le traitement professionnel n'est pas à votre charge (pour savoir si vous êtes concerné, voir le chapitre « L'addition, s'il vous plaît ! – Propriétaire ou locataire, qui doit payer le traitement ? » page 86) ;
- des personnes à risque occupent le logement (femme enceinte, bébé, etc.) ;
- l'habitation sera inoccupée pendant le traitement.

Concernant le matériel, il vous faudra :

- de la **terre de diatomée** de qualité alimentaire en poudre ou en spray ;
- un **appareil vapeur semi-professionnel** de type Polti Cimex Eradicator – que vous pouvez

louer à la journée sur des sites de petites annonces ou dans des boutiques spécialisées ;

- du **ruban adhésif double face** et du **ruban de masquage** ;
- de **grands sacs-poubelles** et des **cartons** pour emballer les textiles et les papiers des pièces touchées ;
- un **aspirateur** ;
- un **insecticide** anti-punaises de lit en spray ou à diluer dans un pulvérisateur, de préférence acheté dans une boutique spécialisée – prévoyez-en une quantité suffisante pour réaliser deux traitements complets du logement ;
- un **insecticide spécifique pour les surfaces dites « de contact »** (canapés, matelas, etc.) – également pour deux traitements ;
- si vous le souhaitez, deux **fumigènes** par pièce pour « finir le travail », l'un pour le premier traitement, l'autre pour le second ;
- les **dispositifs de protection** recommandés pour l'utilisation des insecticides que vous avez choisis – au minimum des masques, si possible de type FFP2 ou FFP3. Dans certains cas, l'utilisation de gants et d'une combinaison de protection pourra être nécessaire.

Tout cela devrait représenter un budget de l'ordre de 50 à 100 euros par pièce. Attention, si votre logement est grand (plus de 80 ou 100 mètres carrés), il est possible qu'un traitement « maison » vous coûte plus cher que l'intervention d'un professionnel. Dans ce cas, privilégiez la seconde option. Les chances de succès seront meilleures, et vous disposerez de garanties.

Les grandes étapes

Avant le traitement – Préparez minutieusement votre logement

Ce préambule est absolument primordial : il garantira une meilleure efficacité des étapes suivantes et vous assurera de ne ménager aucun refuge pour les punaises. Dans le cadre de cette préparation, vous devrez :

1. **Isoler les pièces les unes des autres** pour limiter au maximum le risque de propagation (pour plus de détails, voir le chapitre « Vous ne passerez pas ! – Comment éviter la propagation », page 95) ;

2. **Préparer les pièces touchées**, et plus particulièrement les textiles et les papiers qu'elles contiennent (voir le chapitre « Grand ménage de printemps – Comment préparer son logement », page 98).

Le 1er jour – Concentrez-vous sur la lutte mécanique et thermique

Associées avec le traitement chimique que vous réaliserez par la suite, ces deux actions vont maximiser vos chances de succès. Par ailleurs, l'utilisation de la vapeur vous permettra de faire baisser rapidement le nombre de piqûres. Lors de cette étape, vous allez devoir :

1. **Aspirer consciencieusement** l'ensemble des recoins des pièces infestées ou dans lesquelles vous suspectez la présence de punaises. Commencez par les zones les moins touchées et finissez par les plus à risque, puis ôtez le sac ou le contenu du réservoir de l'aspirateur et jetez-le dans un sac-poubelle que vous fermerez

hermétiquement. Vous aspirerez et capturerez ainsi bon nombre de punaises et d'œufs ;

2. **Réaliser un traitement à la vapeur** dans l'ensemble des pièces de votre logement en insistant particulièrement sur les zones à risque, notamment les abords des lits et des canapés (voir le chapitre « Ça défoule ! – Comment utiliser la vapeur », page 108) ;

3. **Traiter** vos prises, goulottes électriques, et plus généralement l'ensemble des zones inaccessibles pour la vapeur et l'insecticide à l'aide de terre de diatomée (voir le chapitre « La minute Davy Crockett – Comment utiliser la terre de diatomée pour piéger les punaises », page 105). N'oubliez pas pour ce faire de porter un masque !

Le 2e jour – Place aux insecticides

Cette étape constituera en quelque sorte votre « filet de sécurité ». En effet, si vous avez probablement éliminé une bonne partie des punaises grâce aux traitements mécanique et thermique, il suffit néanmoins qu'une seule femelle ait échappé à votre vigilance, et l'infestation repartira de plus belle dans quelques semaines. L'insecticide reste efficace une quinzaine de jours en moyenne ; durant toute cette période, chaque fois qu'une punaise sortira pour vous piquer, elle marchera donc dans l'insecticide et s'intoxiquera à petit feu. Pour bien faire, voici comment vous devez procéder :

Vaporisateur de produit insecticide

1. Munissez-vous des équipements de protection recommandés pour l'utilisation des produits que vous avez choisis. Au minimum, il vous faudra un masque, si possible de type FFP2 ou FFP3 ;

2. Commencez par appliquer l'insecticide prévu pour les surfaces de contact sur l'ensemble des meubles recouverts de tissu de votre logement : canapés, matelas, sommiers tapissés, fauteuils, etc. ;

3. Appliquez ensuite le spray dans l'ensemble des pièces en insistant particulièrement sur les zones de prédilection des punaises : abords des lits et canapés, plinthes, sommier, tables de chevet, interstices entre les lames de parquet, etc. Si vous avez une grande surface à traiter, l'utilisation d'un pulvérisateur vous facilitera grandement les choses ;

Vous trouverez un tutoriel vidéo qui récapitule cette étape en flashant le QR code ci-dessous.

↓

4. Si vous utilisez des fumigènes, disposez-en un par pièce juste avant de quitter votre logement. Attention, n'oubliez pas de désactiver vos détecteurs de fumée avant de les déclencher, sinon vous risqueriez d'avoir de mauvaises surprises ;

5. Quittez ensuite votre logement pendant la durée indiquée sur la notice des produits.

Attention : réalisez bien ce traitement insecticide dans toutes les pièces du logement, sans quoi les punaises migreront dans les pièces saines pour y échapper !

Entre le 3e et le 14e jour – Reposez-vous et commencez le traitement du linge

Durant cette période, il faut que vous laissiez l'insecticide agir. Mieux vaut donc éviter de faire le ménage. Vous devez surtout continuer

Opération MacGyver, les grandes étapes

Avant le traitement. *Préparez minutieusement votre logement*
Le 1er jour. *Concentrez-vous sur la lutte mécanique et thermique*
Le 2e jour. *Place aux insecticides*
Entre le 3e et le 14e jour. *Reposez-vous et commencez le traitement du linge*
Le 15e et le 16e jour. *Recommencez les traitements mécanique et thermique, puis le traitement chimique*
À partir du 26e jour. *Croisez les doigts !*

d'occuper les pièces touchées, car vous servez en quelque sorte d'appât pour inciter les punaises à se déplacer et à circuler dans l'insecticide. Ce n'est pas des plus agréable, mais c'est capital.

Vous pouvez aussi en profiter pour commencer à traiter votre linge et vos affaires (ne serait-ce que pour pouvoir vous habiller). C'est souvent la tâche la plus chronophage du traitement (à ce sujet, voir le chapitre « Ça, ça passe à 60, tu crois ? – Comment traiter son linge », page 101).

Le 15e et le 16e jour – Recommencez les traitements mécanique et thermique, puis le traitement chimique

La réalisation successive de deux traitements est absolument indispensable, même si vous n'êtes plus piqué. En effet, les œufs de punaises ne sont pas atteints par l'insecticide et mettent, comme nous l'avons vu, une quinzaine de jours à éclore. Ce second protocole de traitement est donc capital pour vous permettre d'éliminer les insectes qui auront vu le jour entre-temps.

À partir du 26e jour – Croisez les doigts !

On considère que l'infestation est éradiquée après 3 à 4 semaines consécutives sans piqûre. Si ce n'était pas votre cas, il serait alors opportun de faire appel à un professionnel. En cas d'échec du traitement maison, il ne faut pas vous acharner, cela finirait par être plus cher et plus pénible que l'intervention d'une entreprise spécialisée !

Opération
nuage de fumée

Le déroulement d'un traitement chimique

Même si depuis plusieurs années les traitements thermiques se développent, le traitement chimique reste de très loin le plus employé. Près de 60 % des personnes victimes de punaises de lit choisissent cette option qui a le mérite d'être aussi efficace que les autres pour un budget nettement inférieur.

Dans ce chapitre, vous découvrirez son mode de fonctionnement, quelles sont les différentes molécules couramment utilisées, quelles en sont les grandes étapes, et ce que vous pouvez et devez faire en complément pour maximiser ses chances de succès.

Le traitement chimique se déroule en deux ou trois passages, espacés de 10 à 15 jours. Le principe en est simple : lors de chaque intervention, le technicien dépose des insecticides spécifiques qui resteront efficaces pendant une quinzaine de jours. Durant cette période, vous continuez à vivre sur place et à occuper les pièces touchées. De cette manière, les punaises, attirées par votre odeur, sortent, entrent en contact avec l'insecticide et finissent par mourir. Plusieurs passages sont nécessaires car les œufs de punaises ne sont pas sensibles au traitement. Le processus dans son ensemble dure donc environ un mois au cours duquel il est normal de continuer à être piqué (de moins en moins à mesure que le temps passe, rassurez-vous).

Il existe plusieurs molécules insecticides qui peuvent être utilisées pour lutter contre les punaises de lit. En règle générale, l'entreprise de traitement préférera changer de molécule à chaque passage afin de limiter les risques de résistance. Ces principes actifs peuvent être classés en trois catégories :

- les **neurotoxiques de synthèse**, comme les carbamates ou les néonicotinoïdes, qui agissent sur le système nerveux de la punaise (ce sont les plus utilisés, car ils sont particulièrement efficaces) ;
- les **régulateurs de croissance**, comme la perméthrine, qui empêche le développement normal de la punaise de lit ;
- les **insecticides d'origine naturelle**, qui sont composés d'extraits de plantes comme le géraniol. Ces molécules à la fois répulsives et insecticides sont moins dangereuses, mais aussi malheureusement moins efficaces contre les punaises.

Pour diffuser ces insecticides dans votre logement, le technicien pourra utiliser trois procédés :

- la **pulvérisation manuelle**, plus fastidieuse, mais absolument indispensable à chaque passage. C'est lors de cette opération que le technicien prendra soin de déposer de l'insecticide dans l'ensemble des zones où circulent les punaises de lit.
- la **fumigation**, à l'aide de fumigènes qui peuvent être utilisés en complément et

Pas de panique !

Vous vivez avec une personne à risque, *ou vous l'êtes vous-même, mais pour une raison budgétaire, technique ou de disponibilité, seul un traitement chimique est possible. Pas d'inquiétude, vous devez simplement vous organiser un peu :*

- ***si vous avez des enfants en bas âge,*** *retirez tous les objets qu'ils pourraient porter à leur bouche et traitez-les vous-même pour éviter toute ingestion d'insecticide. Par ailleurs, disposez un tapis au sol pour permettre à votre enfant de jouer durant cette période sans être en contact avec les produits ;*
- ***si une femme enceinte ou une personne présentant de graves troubles respiratoires*** *occupe le logement, il est préférable de le lui faire quitter pendant les premiers jours qui suivent la pulvérisation. Votre seule présence devrait suffire pour attirer les punaises ! Soyez simplement vigilant lors du traitement des affaires qu'elle va emporter pour ne pas propager de punaises ailleurs.*

qui permettent d'appliquer une fine pellicule d'insecticide un peu partout dans les pièces où ils sont employés ;

- la **nébulisation**, à l'aide d'une machine permettant au technicien de créer un nuage de microgouttelettes d'insecticide. Comme le fumigène, c'est un complément à la pulvérisation manuelle qui va permettre de déposer une pellicule d'insecticide un peu partout.

Par ailleurs, de plus en plus de professionnels combinent les différents modes de traitement pour maximiser les chances de succès, par exemple en utilisant la vapeur ou la terre de diatomée en parallèle de l'application d'insecticide. Si toutefois l'entreprise que vous avez choisie ne le propose pas, vous pourrez facilement le faire vous-même, nous y reviendrons.

Voici les cas dans lesquels un traitement chimique est contre-indiqué :

- des personnes à risque occupent le logement (femme enceinte, bébé, etc.) ;
- l'habitation sera inoccupée pendant le traitement ;
- vous êtes très allergique aux piqûres de punaises et vous ne pourrez pas supporter les boutons pendant 2 à 4 semaines supplémentaires ;
- plusieurs traitements chimiques sérieux ont déjà été réalisés sans succès ;
- vous n'êtes pas en mesure de traiter ou de faire traiter le linge et les affaires contenus dans les pièces touchées.

↑
Fumigène

Les grandes étapes

Avant le traitement – Préparez votre logement

Si vous négligez cette étape centrale, le traitement aura beaucoup moins de chances de fonctionner. D'ailleurs, la plupart des entreprises sérieuses vous enverront en amont de l'intervention un protocole préparatoire détaillé que vous devrez respecter pour que la garantie de résultat s'applique. Vous allez devoir :

1. **Isoler les pièces les unes des autres** pour limiter au maximum le risque de propagation dans le logement (pour plus de détails, voir le chapitre « Vous ne passerez pas ! – Comment éviter la propagation », page 95) ;

2. **Préparer les pièces touchées**, en mettant en sûreté les textiles et les papiers qu'elles contiennent (pour ce faire, voir le chapitre « Grand ménage de printemps – Comment préparer son logement », page 98).

Le 1er jour – Réalisez vous-même un traitement vapeur complémentaire (optionnel)

Cette étape n'est pas obligatoire, mais elle va vous permettre de mettre toutes les chances de votre côté et de faire baisser plus vite le rythme des piqûres. Car si, comme nous l'avons vu, le traitement chimique n'a pas d'effet sur les œufs, la vapeur, oui. D'autant que cette opération est assez rapide et ne vous coûtera que le prix de la location d'une machine vapeur (20 à 40 euros environ).

Réalisez ce traitement à la vapeur seulement dans les pièces touchées en insistant tout

> **Ils racontent**
>
> « **Après différentes tentatives de traitement par nous-mêmes,** *voyant que nous n'y arrivions pas, nous avons fini par faire intervenir une entreprise pour un traitement chimique. Nous avions respecté tout le protocole pour la préparation et le traitement du linge, et en deux passages c'était réglé. Depuis, nous sommes toujours un peu paranos à chaque voyage, mais nous n'avons plus jamais eu de punaises !* »
>
> Claire
>
> *Victime des punaises en 2018*

particulièrement sur les zones à risque, notamment les abords des lits et canapés (pour plus d'information, voir le chapitre « Ça défoule ! – Comment bien utiliser la vapeur », page 108).

Attention, ce traitement à la vapeur complémentaire ne peut être réalisé qu'avant l'intervention de l'entreprise. Une fois l'insecticide en place, n'utilisez surtout pas de vapeur, sinon vous risquez de rendre le traitement chimique inefficace !

Le 2e jour – Place aux pros

Je vous recommande de planifier le traitement plutôt le matin : de cette manière, vous aurez plus de temps pour ventiler votre appartement, et votre première nuit sera moins désagréable. Si une fumigation ou une nébulisation est prévue, pensez à désactiver les détecteurs de fumée.

Prenez le temps d'indiquer au technicien les zones où vous avez détecté des punaises, et montrez-lui les éventuelles particularités de votre logement (trappes, coffrages, meubles fragiles, etc.). Il pourra ainsi intervenir le plus efficacement possible, et vous éviterez les mauvaises surprises.

Opération nuage de fumée, les grandes étapes

Avant le traitement. *Préparez minutieusement votre logement*
Le 1er jour. *Réalisez vous-même un traitement vapeur complémentaire (optionnel)*
Le 2e jour. *Place aux pros*
Entre le 3e et le 14e jour. *Reposez-vous et commencez à préparer votre linge*
Le 15e jour. *Rebelote*
À partir du 26e jour. *Croisez les doigts !*

Vous devrez ensuite quitter votre habitation pendant plusieurs heures (en règle générale 4 heures), puis revenir ouvrir les fenêtres afin de l'aérer pendant 1 à 2 heures. Ces durées peuvent varier en fonction des produits utilisés, fiez-vous donc aux consignes données par l'intervenant.

Entre le 3e et le 14e jour – Reposez-vous et commencez à préparer votre linge

Durant cette période, vous devez laisser l'insecticide agir tout en continuant d'occuper les pièces touchées afin d'attirer les punaises en dehors de leur cachette. Il faut également s'abstenir de faire le ménage.

Prenez le temps de commencer à traiter votre linge et vos affaires, afin de pouvoir continuer à les utiliser (voir le chapitre « Ça, ça passe à 60, tu crois ? – Comment traiter son linge », page 101).

Le 15e jour – Rebelote !

Le deuxième traitement doit être réalisé environ 2 semaines après le premier, mais ce n'est pas à 1 ou 2 jours près. La veille de l'intervention, vous pouvez de nouveau effectuer un traitement à la vapeur complémentaire dans les pièces touchées.

À partir du 26e jour – Croisez les doigts !

Il est encore possible d'être piqué durant les 10 jours qui suivent le second passage sans que cela ne remette en cause la réussite du traitement. Au-delà d'une dizaine de jours, si des boutons continuent d'apparaître, c'est que malheureusement il va falloir programmer une troisième intervention. On peut considérer que l'infestation est totalement éradiquée si vous passez 3 à 4 semaines consécutives sans la moindre piqûre.

Opération hammam

Le déroulement d'un traitement par vapeur ou par cryogénisation

Les traitements par vapeur ou par cryogénisation sont les alternatives à l'utilisation d'insecticide les plus demandées. Leur taux d'efficacité est équivalent, mais ils sont plus rapides. Pour maximiser les chances de succès, la plupart des professionnels vous proposeront une ou plusieurs pulvérisations d'insecticides (naturels ou non) en complément.

Ce chapitre expose le mode de fonctionnement des traitements à la vapeur et par cryogénisation, mais aussi dans quels cas privilégier l'un ou l'autre, ce que vous devrez faire pour maximiser leur efficacité, et enfin les grandes étapes de ce type d'opération.

Contrairement au traitement insecticide, le traitement thermique se déroule en un seul passage. Lors de son intervention, le technicien utilise soit un jet de vapeur à 180 °C ou plus, soit un jet de neige carbonique à -78 °C. Il va passer dans chacun des recoins dans lesquels des

↑

Traitement à la vapeur dispensé par une professionnelle

punaises pourraient se loger et ainsi les éliminer immédiatement. Les traitements thermiques ayant le mérite d'être efficaces aussi bien sur les insectes adultes que sur les œufs, un second passage n'est pas indispensable.

En revanche, à l'inverse des insecticides, ces traitements ne sont pas rémanents. Si le technicien oublie une seule punaise lors de son passage, le traitement ne fonctionnera pas. C'est pour cette raison que la plupart des professionnels proposent en complément la mise en place d'une barrière insecticide (souvent naturelle), qui vous fournira une sécurité supplémentaire.

Venons-en maintenant à ce qui distingue le traitement à la vapeur de la cryogénisation. Outre le fait que le premier utilise la vapeur, et le second, la neige carbonique, la principale différence réside dans la puissance du jet projeté. Le jet produit lors d'un traitement par cryogénisation est beaucoup plus puissant que celui des machines vapeur. Il permet donc d'atteindre des zones inaccessibles lors d'un traitement vapeur dans les appartements anciens ou complexes (coffrages, espaces sous les parquets, etc.). Par ailleurs les traitements par cryogénisation sont plus coûteux, principalement en raison du prix élevé de la matière première. On privilégiera donc le traitement vapeur dans les logements modernes et la cryogénisation dans les appartements anciens.

Voici les cas dans lesquels un traitement à la vapeur ou par cryogénisation est contre-indiqué :

- votre logement est ancien ou de configuration complexe (pour le traitement à la vapeur) ;
- vous n'êtes pas ou peu allergique aux piqûres, et votre habitation n'est pas occupée par

des personnes « à risque » (mieux vaut alors privilégier le traitement chimique qui est plus abordable) ;

- il n'est pas envisageable d'allouer un budget plus important au traitement ;
- vous n'êtes pas en mesure de traiter ou de faire traiter le linge et les affaires contenues dans les pièces touchées.

Les grandes étapes

Avant le traitement – Réalisez la préparation de votre logement

Comme lors d'un traitement chimique, la préparation de votre logement, et en particulier du linge, est la clé de la réussite. En revanche, comme le traitement thermique n'a pas d'effet répulsif sur les punaises, il n'est pas nécessaire d'isoler les pièces entre elles, car les risques de migration sont limités.

Préparez donc les pièces touchées, et celles pour lesquelles vous avez des doutes, ainsi que les textiles et les papiers qu'elles contiennent (voir le chapitre « Grand ménage de printemps – Comment préparer son logement », page 98).

Le 1er jour – Place aux pros

Lors d'un traitement à la vapeur ou par cryogénisation, vous pouvez rester sur place lorsque le technicien travaille. En fonction de la taille de votre logement, l'intervention peut être assez longue, surtout s'il s'agit d'un traitement à la vapeur et/ou si vous avez beaucoup de meubles. Si un traitement chimique complémentaire est prévu, il faudra que vous quittiez votre habitation quelques heures à la fin de l'intervention.

Ils racontent

*« **Comme ma femme et moi avons deux enfants,** alors âgés de 2 et 5 ans, nous ne voulions pas recourir à un traitement chimique par crainte des insecticides. En plus de ça, mon épouse est très allergique aux piqûres de punaises, donc l'idée de passer un mois à se faire piquer le temps que le traitement fasse effet n'était guère emballante ! À l'origine, nous souhaitions privilégier la vapeur, mais comme c'était moins efficace dans notre appartement haussmannien, nous avons fait le choix de la cryogénisation. Dès le soir du traitement, nous n'étions plus piqués. Par sécurité, l'entreprise nous avait proposé de faire deux légères pulvérisations d'insecticide en plus, gratuitement. Finalement, nous n'avons même pas eu besoin de faire la deuxième, peut-être aussi parce que notre infestation était récente. »*

Christian

Victime des punaises en 2020

Opération hammam, les grandes étapes

Avant le traitement.
Réalisez la préparation de votre appartement
Le 1er jour.
Place aux pros
À partir du 2e jour.
Croisez les doigts et traitez votre linge !

Si vous ne restez pas sur place, prenez tout de même le temps d'indiquer au technicien les zones où vous avez détecté des punaises, et montrez-lui les éventuelles particularités de votre logement (trappes, coffrages, meubles fragiles, etc.). De la sorte, il pourra intervenir de la manière la plus efficace possible, et vous éviterez les mauvaises surprises.

À partir du 2e jour – Croisez les doigts et traitez votre linge !

Comme nous l'avons déjà évoqué, un traitement thermique n'a pas de rémanence : s'il reste des punaises à son issue, il n'aura malheureusement pas fonctionné. Soyez donc vigilant. En cas d'apparition de nouvelles piqûres, une seconde intervention sera nécessaire. Si des insecticides ont été utilisés en complément, ils seront efficaces une quinzaine de jours, donc si vous êtes piqué après ce délai, c'est que le traitement n'aura pas non plus fonctionné.

On considère que l'infestation est totalement éradiquée si vous n'êtes plus piqué pendant 3 à 4 semaines consécutives. Si vous n'êtes pas réactif aux piqûres de punaises de lit, ou que vous êtes absent, vous pouvez faire réaliser une détection canine 10 jours après le traitement pour vous assurer que ce dernier a bien fonctionné (pour plus d'informations à ce sujet, voir le chapitre « Le meilleur ami de l'Homme – Dans quels cas privilégier une détection canine ? » page 39).

Profitez de cette attente pour commencer le traitement de votre linge qui risque de s'étendre sur plusieurs semaines (pour des conseils utiles à ce sujet, voir le chapitre « Ça, ça passe à 60, tu crois ? – Comment traiter son linge », page 101).

Opération sauna

Le déroulement d'un traitement par canon à chaleur

Le canon à chaleur présente de nombreux avantages, notamment en matière de confort. C'est de très loin le traitement qui vous demandera le moins de travail. En revanche, il est extrêmement coûteux, l'addition pouvant dépasser les 1000 euros même pour de petites surfaces. C'est ce qui explique qu'il n'est utilisé que dans à peine 8 % des cas d'infestation en France[5].

Le principe du traitement par canon à chaleur est en théorie assez simple : l'ensemble du logement et de son contenu monte en température à plus de 60 °C pendant plusieurs heures, de manière à éliminer toutes les punaises. La mise en pratique est en revanche nettement plus complexe. Pour réussir ce tour de force, il est nécessaire d'installer dans l'appartement ou la maison plusieurs ventilateurs chauffants et des sondes thermiques pour monitorer la montée en température. Et comme ces machines ne peuvent évidemment pas fonctionner avec des prises de courant classiques, il faut aussi disposer dans la rue un générateur capable de les alimenter.

↑ *Canon à chaleur*

L'avantage majeur de ce mode de traitement, c'est que vous n'avez nul besoin d'emballer votre linge et vos affaires, ni de les traiter ensuite. En effet, tout le contenu du logement monte en température, et les punaises éventuellement cachées sont ainsi éliminées. Le gain de temps et de confort est donc énorme par rapport aux autres méthodes.

5. Ipsos pour badbugs.fr, mars 2021.

Cependant, ce traitement, comme tous les autres, a ses limites. Si votre habitation est très encombrée, une partie des affaires devra être retirée et traitée en parallèle, faute de quoi la montée en température ne pourra pas se faire. Par ailleurs, il faut, dans la mesure du possible, que toutes les pièces augmentent en température de manière simultanée. Sinon, les punaises migreront de pièce en pièce en sentant la chaleur s'accentuer. Dans les grands logements, cela peut nécessiter l'installation et l'alimentation de nombreux ventilateurs, et ce n'est pas toujours réalisable. De plus, ces derniers devant être reliés au générateur, ce traitement n'est guère envisageable dans un appartement situé en étage élevé (5e ou 6e étage maximum).

Trois technologies distinctes permettent de réaliser ce type d'intervention :

- des machines se branchant directement sur les prises de courant du logement traité – mais cette solution bien plus pratique ne fonctionne malheureusement pas ou très mal contre les punaises de lit ;
- des machines alimentées par un générateur électrique, dont un nombre limité est en mesure de fonctionner simultanément : il ne sera donc pas possible de traiter plus de 100 mètres carrés d'un coup ;
- un générateur de chaleur alimentant jusqu'à 20 machines simultanément et donc capable de traiter des surfaces plus importantes. Mais ce type de machine étant encore plus coûteux, le traitement l'est souvent aussi !

Voici les quelques cas dans lesquels un traitement par canon à chaleur est contre-indiqué :

- votre logement est très encombré ;
- vous habitez en étage élevé ou loin d'un espace de stationnement ;
- une très grande hauteur sous plafond, comme une cage d'escalier cathédrale, rend impossible la montée en température au vu du volume à traiter ;
- vous ne souhaitez pas consacrer un budget trop important à l'éradication des punaises ;
- vous possédez un grand nombre d'objets délicats (tableaux, instruments de musique anciens, etc.) qui ne supporteront pas de passer plusieurs heures à 60 °C.

Les grandes étapes

Avant le traitement – Préparez votre logement

Dans le cas d'un traitement par canon à chaleur, la préparation de votre habitation sera beaucoup plus succincte que pour les autres méthodes d'éradication. En effet, il faudra juste mettre de côté les objets délicats (peintures, instruments de musique, œuvres d'art, etc.) et ceux risquant d'exploser (aérosols notamment). Ces derniers seront stockés dans une pièce dite froide qui sera isolée et traitée, ainsi que son contenu, avec un autre procédé (la vapeur par exemple).

Contrairement aux autres, ce type de traitement nécessite un rendez-vous préalable avec un professionnel pour valider sa faisabilité technique.

Le 1er jour – Direction les tropiques

Lors de l'intervention, les techniciens présents déplaceront sans doute un certain nombre de vos affaires au sein des pièces afin de faciliter la

Ils racontent

« ***Mon mari et moi avons tous les deux un travail extrêmement prenant.*** *Nous n'avions absolument pas le temps de réaliser tout un protocole de traitement contre les punaises. Comme les différents confinements nous avaient permis d'économiser sur le budget vacances, nous avons choisi de privilégier le canon à chaleur, procédé qui était beaucoup plus confortable pour nous. Le problème a ainsi été réglé en quelques jours, et nous n'avons pas eu à nous soucier de traiter le contenu de nos dressings !* »

Anne

Victime des punaises en 2021

Opération sauna, les grandes étapes

Avant le traitement. *Préparez votre logement*
Le 1er jour. *Direction les tropiques*
À partir du 2e jour. *Croisez les doigts !*

circulation de l'air, et donc la montée en température. Puis ils devront installer les différentes machines et les sondes. Cette phase préparatoire peut prendre à elle seule plusieurs heures.

Il vous faudra ensuite quitter les lieux pendant au moins une demi-journée, ou plus selon la surface à traiter, pour que la montée en température soit effectuée. Les techniciens resteront évidemment sur place afin de piloter les opérations et de s'assurer que le traitement se déroule correctement.

Une fois cette opération réalisée, une pulvérisation d'insecticide vous sera toujours proposée en complément afin d'éliminer toute punaise qui aurait échappé au traitement thermique.

À partir du 2e jour – Croisez les doigts !

Comme nous l'avons déjà évoqué, un traitement thermique n'a pas de rémanence : si des punaises subsistent à l'issue du protocole, c'est que ce dernier n'a malheureusement pas fonctionné. Soyez donc vigilant. En cas d'apparition de nouvelles piqûres, une seconde intervention sera nécessaire. Dans le cas où des insecticides sont employés, ces derniers restent efficaces une quinzaine de jours ; si vous êtes piqué après ce délai, c'est que le traitement n'a pas fonctionné.

L'infestation est éradiquée si vous ne présentez aucune trace de piqûre au bout de 3 à 4 semaines consécutives. Si vous n'êtes pas réactif aux piqûres de punaises de lit, ou que vous êtes absent de votre logement, vous pouvez faire réaliser une détection canine 10 jours après le traitement pour vous assurer que ce dernier a bien fonctionné (pour plus d'informations, voir le chapitre « Le meilleur ami de l'Homme – Dans quels cas privilégier une détection canine ? » page 39).

Cherche
partenaire particulier

Comment choisir une entreprise de traitement sérieuse et éviter les arnaques

Bien évidemment, pour qu'un traitement soit efficace, il faut qu'il soit correctement réalisé. Trouver une entreprise sérieuse pour vous accompagner constitue donc une étape-clé. D'autant que les traitements, comme nous l'avons vu, sont souvent coûteux et demandent de votre part une réelle implication.

Lorsque l'on découvre des punaises de lit dans son logement, on est volontiers stressé, pressé, et l'on doit intégrer rapidement un grand nombre d'informations, qui ont vite fait de nous submerger ! Malheureusement, certains professionnels peu scrupuleux l'ont bien compris, qui profitent de la situation. Certains gonflent l'addition, tandis que d'autres promettent des merveilles et réalisent des traitements qu'ils savent inefficaces – et parfois les deux en même temps ! C'est une des raisons pour lesquelles près de 70 % des personnes qui ont dû faire face à une infestation de punaises de lit sont insatisfaites de l'entreprise spécialisée qu'ils ont choisie (voir page suivante).

Vous devrez donc établir une « check-list » dans le but de trouver un professionnel compétent en mesure de vous accompagner comme il se doit durant cette période délicate. Voici les principaux points qu'il convient de vérifier :

Bon à savoir

Des entreprises pas toujours satisfaisantes

Qui dit punaises de lit dit bien souvent recours à des professionnels pour l'éradication. Malheureusement, vous sachant stressé et pressé, certains en profitent et ne font pas toujours preuve d'un grand sérieux. C'est ce qui explique que 70 % des personnes touchées ont été insatisfaites de l'entreprise de traitement choisie. Il va donc falloir vous montrer particulièrement vigilant au moment de choisir le professionnel qui vous accompagnera.

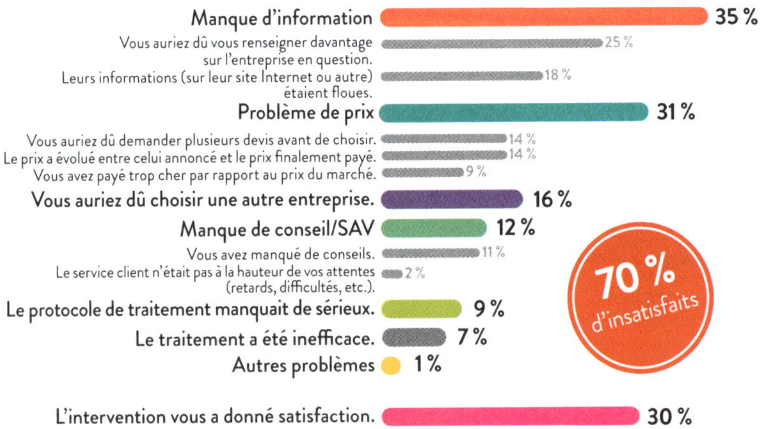

Ipsos pour badbugs.fr

L'entreprise respecte les obligations légales. Pour avoir le droit d'utiliser des insecticides professionnels, chacun des techniciens doit détenir un Certibiocide, que les entreprises mettent bien souvent en avant sur leur site Internet en justifiant de leur « agrément par le ministère de la Transition énergétique et solidaire ». Malheureusement, c'est très loin d'être suffisant car, pour obtenir ce certificat valable 5 ans, il suffit de réaliser 3 jours de formation.

Depuis juin 2021, un nouveau label a fait son apparition : le CertiPunaise. Tous les professionnels qui le détiennent ont effectué une journée de formation consacrée uniquement aux punaises de lit. Pour autant, il n'est pas obligatoire de le détenir pour réaliser des traitements contre les punaises.

Méfiez-vous des trop belles promesses. Malheureusement, la lutte contre les punaises exige des traitements de longue durée, nécessitant que vous collaboriez avec l'entreprise, notamment en traitant votre linge. S'il existait des alternatives plus simples, ou des produits miracles, ce livre s'en ferait bien évidemment l'écho !

Si un professionnel vous vante les mérites d'un insecticide venu des États-Unis, avec 100 % de réussite en un passage, sans qu'il soit nécessaire de traiter le linge... fuyez ! Gardez bien en tête que :

- un traitement insecticide nécessite toujours au moins deux passages ;
- tous les modes d'éradication (sauf le canon à chaleur) nécessitent de traiter le linge ;
- aucun traitement ne fonctionne du premier coup dans 100 % des cas.

Attention aux professionnels de la vente forcée ! Pour établir un devis, il n'est absolument pas nécessaire qu'un technicien se déplace chez vous (sauf dans le cas d'un traitement par canon à chaleur pour valider sa faisabilité). Si l'entreprise souhaite faire un état des lieux préalablement à l'intervention, exigez de recevoir en amont un devis formel récapitulant le tarif et les conditions. Le prix d'une intervention est uniquement fonction de la surface du logement, du mode de traitement choisi et de votre lieu de résidence.

Pas de panique !

Il n'y a pas le feu au lac ! *Bien sûr, il ne faut pas laisser votre infestation proliférer pendant des semaines, mais vous n'êtes pas pour autant à 1 ou 2 jours près. Mieux vaut attendre une semaine de plus pour que le traitement soit réalisé par une entreprise sérieuse dans un appartement bien préparé, plutôt que de se jeter sur le premier margoulin venu ! La lutte contre les punaises de lit relève davantage du marathon que du sprint.*

> ## *Ils racontent*
>
> « **Lorsque nous nous sommes aperçus que ma mère était victime d'une infestation de punaises de lit,** *nous avons pris contact dans la panique avec plusieurs entreprises que nous avions trouvées sur Internet. L'une d'entre elles a proposé de passer immédiatement pour établir un "diagnostic" gratuit. La personne qui est venue nous a expliqué, après avoir "inspecté" l'appartement pendant 10 minutes, que c'était déjà une très grosse infestation. Pourtant, nous n'avions vu que deux punaises, et lui-même n'en a pas trouvé une seule. Alors qu'au téléphone il avait évoqué un tarif d'environ 150 euros par passage pour 45 mètres carrés, il m'a finalement indiqué que ce serait plus de 1000 euros par passage pour un traitement chimique et qu'il fallait commencer tout de suite. Lorsque nous avons refusé, il a insisté lourdement avant de s'énerver ! Heureusement, j'étais présent pour le reconduire à la porte, car si ma mère âgée avait été seule, je pense qu'elle aurait cédé.* »
>
> Hakim
>
> *Victime des punaises en 2021*

Dans certains cas, un léger supplément (j'insiste sur le terme « léger ») pourrait vous être demandé si le niveau d'infestation est vraiment très avancé, mais inutile de venir sur place pour le diagnostiquer. Un professionnel sérieux est tout à fait capable d'évaluer votre degré d'infestation en vous posant quelques questions par téléphone.

Ces « visites préparatoires » sont en effet souvent l'occasion de réaliser des ventes forcées. Après vous avoir annoncé un tarif abordable par téléphone, l'intervenant se déplace chez vous pour vous expliquer que vous faites face à une infestation très importante, qu'il vous faut un traitement de choc, en urgence... Et le tout est évidemment beaucoup plus cher que ce qui vous a été annoncé.

Exigez une garantie de résultat. Nous l'avons vu, le taux d'efficacité moyen d'un traitement complet ne dépasse malheureusement pas les 80 %, même lorsque le protocole est correctement appliqué. Aucun professionnel ne peut donc vous garantir que son traitement fonctionnera du premier coup. En revanche, il peut – et il doit – s'engager à repasser gratuitement si son intervention ne donnait pas le résultat escompté (sous réserve que vous ayez respecté la procédure préparatoire). Les promesses n'engageant que ceux qui les croient, veillez à ce que cette garantie soit bien inscrite sur le site Internet de l'entreprise, sur le devis ou sur un courriel qui vous aurait été adressé.

Assurez-vous que le prix proposé est cohérent. Pour ce faire, n'hésitez pas à comparer les devis. Les tarifs étant fonction de la surface de votre logement et pouvant varier d'une région à l'autre, il n'est guère aisé de fournir un barème précis. Cependant, pour vous donner un ordre d'idée, le

Les prix indicatifs des différents traitements				
	Traitement chimique (2 passages)	**Traitement à la vapeur** (1 passage)	**Traitement par cryogénisation** (1 passage)	**Traitement par canon à chaleur** (1 passage)
Studio de 25 m²	250 à 350 €	500 à 800 €	800 à 1000 €	1500 à 2000 €
Deux-pièces de 55 m²	300 à 400 €	700 à 1000 €	900 à 1200 €	2000 à 3000 €
Trois-pièces de 85 m²	350 à 450 €	900 à 1200 €	1300 à 1600 €	2500 à 3500 €

tableau ci-dessus recense des fourchettes de prix. Comme pour beaucoup de services, les tarifs sont un peu plus élevés en Île-de-France qu'en région.

Pour trouver un professionnel près de chez vous, vous pouvez vous rendre sur le site de la chambre syndicale 3D (CS3D), un syndicat professionnel pour les entreprises de traitement. Celles qui souhaitent en faire partie doivent présenter leur Certibiocide, ce qui garantit l'existence de ce dernier. Cependant, l'adhésion à ce syndicat étant coûteuse, de nombreuses sociétés détentrices du Certibiocide choisissent de ne pas le rejoindre, et ce n'est pas pour autant qu'elles travaillent mal.

Il existe aussi désormais des plates-formes qui vont plus loin en auditant les artisans, en imposant des systèmes d'avis vérifiés et une transparence des prix et des conditions pour éviter les arnaques. L'idée est d'assurer un suivi quotidien de la qualité des prestations et de la satisfaction des clients, plutôt que de se contenter d'une obligation de formation pour sélectionner les entreprises. En ma qualité de cofondateur de la société badbugs.fr, dont c'est la vocation, mon avis sur le sujet est forcément aussi positif que partial !

L'addition, s'il vous plaît !

Propriétaire ou locataire, qui doit payer le traitement ?

Outre l'expérience éprouvante que représente une infestation de punaises de lit, le budget pour en venir à bout peut se révéler conséquent ! En moyenne, les personnes touchées dépensent près de 1250 euros pour les éradiquer (cela inclut le traitement professionnel, mais aussi toutes les affaires abîmées et les erreurs de parcours que vous ne ferez pas) !

Dans certains cas, si vous êtes locataire, le traitement n'est pas à votre charge et doit vous être remboursé par votre propriétaire. Encore une fois, en théorie, cela paraît très simple : le traitement contre les punaises de lit est à la charge du propriétaire, sauf si c'est votre faute. Malheureusement, dans la pratique, c'est évidemment un peu plus compliqué, car il n'est pas toujours évident d'établir avec certitude de quelle manière des punaises ont atterri dans votre logement !

Dans ce chapitre, nous passerons donc en revue les différents textes de loi applicables en la matière, ainsi que les cas de figure possibles, et enfin les recours en cas de litige.

Commençons par les différents textes de loi applicables en matière de punaises de lit. Jusqu'en 2018, les textes de loi établissaient que les insecticides étaient à la charge du locataire

Zoom sur...

Le budget moyen pour en venir à bout

1 249 euros, c'est ce que coûte en moyenne une infestation de punaises de lit en France en tenant compte de l'ensemble des dépenses engagées. Mais rassurez-vous, si vous procédez correctement en respectant d'emblée les différents protocoles, vous ne dépenserez sans doute pas autant.

Par exemple, sauf exception, il n'est absolument pas nécessaire de jeter et donc de racheter des meubles. Attention aussi à ne pas acheter de produits « miracles » qui ne seraient pas utiles dans votre situation particulière (pour en savoir plus sur ce point, voir le chapitre « Je vais te faire un grog ! – Les remèdes de grand-mère un peu douteux », page 112).

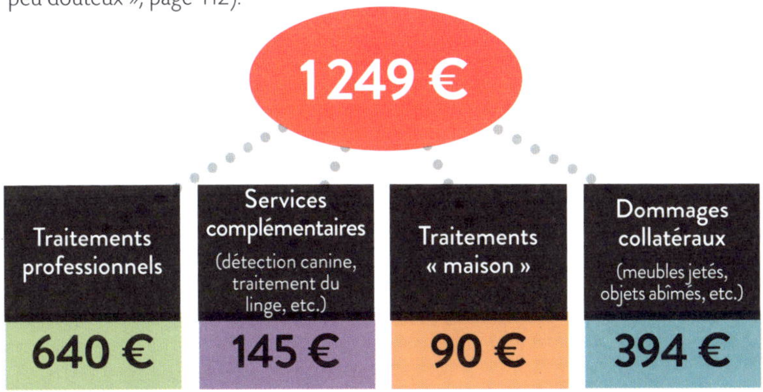

Ipsos pour badbugs.fr

et que la main-d'œuvre était à la charge du propriétaire. Cependant, en novembre 2018, la loi ÉLAN a été adoptée et cette dernière stipule que : « le bailleur est tenu de remettre au locataire un logement décent ne laissant pas apparaître de risques manifestes pouvant porter atteinte à la sécurité physique ou à la santé, exempt de toute infestation d'espèces nuisibles et parasites. »

Le nouveau texte laisse donc entendre que le traitement est à la charge du propriétaire, sauf

Le saviez-vous ?

Qui paie le traitement ?

Avec un coût moyen de plus de 600 euros pour le ou les traitements professionnels, la question de la prise en charge se pose très vite. Pour les locataires, dans 41 % des cas, le propriétaire a remboursé ou pris directement en charge le traitement complet. Par ailleurs, très récemment, certaines assurances habitation ont commencé à couvrir une partie des frais de traitement, mais elles sont malheureusement encore très peu nombreuses à le faire.

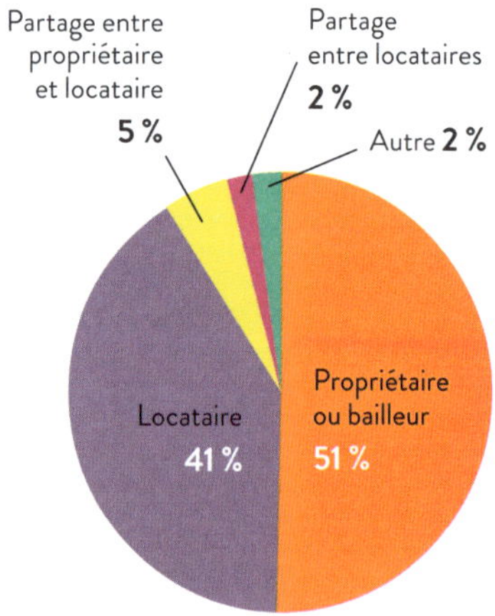

Ipsos pour badbugs.fr

s'il est en mesure de prouver que l'infestation résulte d'une négligence de la part du locataire. C'est d'ailleurs l'interprétation qu'en a donnée la députée en charge de la question des punaises de lit, Mme Cathy Racon Bouzon.

Concrètement, comment cela se matérialise-t-il ? Ce texte étant assez récent, il y a à ce jour assez peu de jurisprudence à ce sujet. La liste des éléments pouvant permettre de prouver que l'infestation résulte du comportement du locataire n'étant pas encore arrêtée, on considère que le traitement sera à la charge du propriétaire :

- si le locataire occupe les lieux depuis peu de temps (6 mois à 1 an), et que le propriétaire ne peut pas prouver par exemple que le précédent logement de ce dernier était infesté ;

- si d'autres appartements au sein de l'immeuble sont touchés : l'infestation n'est alors pas le fait du locataire puisque les punaises ont pu migrer d'un appartement à l'autre.

En dehors de ces deux cas de figure, ou si le propriétaire est en mesure de prouver que le locataire a introduit les punaises de lit, le traitement est à la charge du locataire.

Comment obtenir le remboursement des frais de traitement auprès de son propriétaire ? L'idéal reste bien sûr de le prévenir en amont du traitement et de trouver une solution à l'amiable pour éviter de se lancer dans des conflits juridiques longs et coûteux. Si malheureusement votre propriétaire refusait de vous rembourser alors que le traitement devrait être à sa charge, voici les différentes mesures que vous pouvez prendre :

- adressez au propriétaire une lettre de mise en demeure par courrier recommandé. Vous trouverez un modèle rédigé par Me Rivka Tordjman, avocate au barreau de Paris, en flashant le QR code ci-contre ;
- si cela ne fonctionnait pas, prenez contact avec la commission départementale de conciliation, qui se chargera d'essayer de trouver une solution entre vous et votre propriétaire ;
- si malheureusement cela ne fonctionnait toujours pas, il faudrait alors intenter une action en justice contre votre bailleur ;
- si vous êtes en situation de précarité, d'autres dispositifs peuvent exister à l'échelle de votre ville ou de votre département. Comme il n'existe malheureusement pas de mécanismes nationaux, sollicitez l'assistante sociale qui sera la plus à même de vous apporter une réponse.

Ils racontent

« ***J'ai découvert des punaises à peine trois semaines après m'être installé*** *dans un nouvel appartement. J'ai dû longuement me battre avec mon propriétaire pour obtenir le remboursement du traitement contre ces nuisibles. Après deux courriers recommandés et la menace d'un procès, il a enfin réagi. Mais il ne m'en a finalement remboursé qu'une partie, car j'avais opté pour un traitement à la vapeur plus cher que le traitement chimique.* »

Arnaud

Victime des punaises en 2019

Flashez le QR code ci-dessous pour accéder à une lettre de mise en demeure type.

↓

Étape 3

Maximiser l'efficacité du traitement

Vous l'aurez compris à la lecture de la partie précédente, tous les modes de traitement contre les punaises de lit ont leurs limites. Il nous faut donc à présent passer en revue toutes les actions que vous pouvez mener pour maximiser vos chances de succès. Si certaines de ces étapes sont absolument indispensables, comme le traitement du linge, d'autres constituent des compléments intéressants qui peuvent vous permettre d'accompagner le travail d'un professionnel.

Houston, on a un problème !

Les erreurs les plus fréquentes

Les punaises de lit sont des insectes particulièrement coriaces, qui savent très bien s'adapter. Comme nous l'avons évoqué, même en choisissant un bon traitement, ainsi qu'un professionnel sérieux pour le réaliser, et en respectant à la lettre le protocole, il arrive malheureusement que cela ne fonctionne pas du premier coup. Dans un cas sur cinq environ, une intervention complémentaire sera nécessaire. Pour ne pas faire partie de ces fameux 20 %, il convient d'éviter de commettre un certain nombre d'erreurs courantes.

Pas de panique !

Si vous commettez *(ou avez déjà commis) quelques erreurs dans votre bataille contre les punaises de lit, ce n'est pas dramatique. L'objectif est simplement d'essayer d'en faire le moins possible pour maximiser vos chances de succès.*

Première erreur, la plus commune : **se ruer sur des insecticides** dans une grande surface ou une pharmacie et en pulvériser dans votre chambre. Malheureusement, c'est au mieux inefficace, au pire contreproductif. En effet, les produits accessibles au grand public sont très peu dosés et, employés seuls, ils ne suffiront donc pas à éliminer les punaises. Cela pourrait même aggraver les choses : vous risquez ainsi de renforcer la résistance des punaises à ces molécules, mais aussi de les encourager à se disperser chez vous ! Si vous voulez réaliser un traitement maison, il est important d'utiliser une méthode rigoureuse (pour des conseils utiles, voir le chapitre « Opération MacGyver – Le déroulement d'un traitement "maison" », page 60).

Autre réflexe compréhensible, mais tout aussi contreproductif : **aller dormir dans une autre pièce** en attendant le traitement. Malheureusement, les punaises, lorsqu'elles voudront se nourrir, vont tout simplement vous suivre dans l'appartement : vous n'aurez réussi qu'à contaminer une autre pièce ! En revanche, si vous ne dormez pas seul, il n'est pas nécessaire que vous restiez tous deux dans le lit (on vous laisse tirer à la courte paille pour savoir qui se dévoue).

Le protocole à respecter pour réaliser le traitement anti-punaises étant assez lourd, on pourrait en outre être tenté de ne le suivre qu'à moitié, ou bien de croire les belles promesses de charlatans, en particulier en ce qui concerne la gestion du linge. Mais ce serait une mauvaise idée, car cela ne ferait qu'augmenter les chances que le protocole échoue ; or, plus vous entreprendrez de traitements qui ne fonctionnent pas, plus les punaises restantes seront résistantes et bien cachées. Mieux vaut donc faire vraiment les choses correctement une fois pour toutes !

Toujours concernant le linge, vous devrez **mettre en place une organisation rigoureuse** (voir le chapitre « Ça, ça passe à 60, tu crois ? – Comment traiter son linge », page 101) pour ne pas vous y perdre et risquer d'oublier de traiter un ou plusieurs sacs de vêtements dans lesquels une punaise s'est réfugiée. Résultat : lorsque vous rouvrirez le sac quelques semaines plus tard, l'infestation repartira de plus belle. Il n'y a rien de plus déprimant que de devoir tout recommencer alors que l'on croyait s'être débarrassé du problème deux mois plus tôt.

Il m'arrive aussi fréquemment d'échanger avec des victimes d'infestation qui ont réalisé un

Ils racontent

« **Lorsque j'ai découvert deux punaises dans ma chambre,** *je n'ai plus eu le courage de dormir dans mon lit. Je me suis donc installée dans la chambre de mon fils pendant une semaine en attendant l'intervention d'une entreprise. Après cinq jours, les piqûres ont repris, et nous avons dû vider complètement la chambre de mon fils en plus de la mienne.* »

Cécile

Victime des punaises en 2020

> ## Ils racontent
>
> « **Après plus de cinq traitements rigoureux en un an,** *nous ne comprenions pas pourquoi les punaises finissaient toujours par revenir après des pauses de quelques semaines. C'était absolument déprimant. Pourtant, nous respections tous les protocoles, nous avions prévenu tous les voisins, et aucun n'était touché… Bref, incompréhensible. Nous sommes enfin sortis de cette spirale infernale le jour où la nounou de notre fils nous a expliqué qu'elle avait des punaises chez elle depuis presque deux ans. Nous l'avons donc aidée en prenant en charge le traitement de son appartement.* »
>
> Hellène
>
> *Victime des punaises en 2020*

traitement avec succès… et subitement, après quelques semaines ou mois de tranquillité, les punaises reviennent. Ce phénomène est bien souvent lié à un lieu ou à une personne de l'entourage (famille, amis, voisins, etc.) : soit c'était elle qui vous avait contaminé à l'origine, soit vous l'aviez contaminée lors de votre infestation et elle vous a recontaminé à son tour. Il est donc très important d'**en parler autour de vous** pour sensibiliser vos proches, mais aussi d'être vigilant si vous vous rendez régulièrement dans une résidence secondaire par exemple.

Une dernière série d'erreurs à éviter est spécifique aux traitements chimiques, qui fonctionnent dans la durée (2 ou 3 fois 15 jours). En effet, pour que les punaises marchent dans les insecticides lorsqu'elles viennent vous piquer, et finissent par en mourir, vous devez non seulement continuer de dormir chez vous dans les pièces touchées afin de les encourager à sortir, mais aussi **vous abstenir de passer la serpillière le temps du traitement**. Un programme guère réjouissant, vous en conviendrez !

À présent que vous connaissez les principales erreurs à éviter, voyons tout ce que vous pouvez faire pour optimiser l'efficacité de votre traitement.

Vous ne passerez pas !

Comment éviter la propagation

Plus les punaises de lit sont nombreuses, et plus elles sont éparpillées au sein de votre logement, plus il existe de risque de complications lors du traitement. Découvrez donc comment éviter qu'elles ne se déplacent dans les pièces saines de votre appartement ou de votre maison.

Dans le chapitre précédent, nous avons identifié deux erreurs à ne pas commettre pour éviter de favoriser la migration des punaises : il ne faut pas abandonner sa chambre, et il ne faut pas utiliser d'insecticides qui pourraient avoir un effet répulsif et les encourager à coloniser d'autres endroits. De la même manière, mieux vaut proscrire l'utilisation de répulsifs naturels, tels que les huiles essentielles. Si ces dernières permettent de suspendre les piqûres quelques nuits, elles risquent néanmoins d'inciter les punaises à se déplacer sans pour autant les tuer !

Par chance, vos colocataires sont assez feignantes. Lorsqu'elles ont trouvé un endroit confortable avec une source de nourriture, elles ont tendance à bouger assez peu. Pour limiter encore un peu plus ce risque, vous pouvez **isoler les pièces entre elles** à l'aide de ruban adhésif double face très collant disposé autour des portes et sur le sol. Cette méthode n'est pas imparable, en particulier dans les logements anciens où d'autres voies de circulation existent, mais elle peut permettre de réduire de beaucoup les déplacements des punaises. Petit conseil pratique : avant de poser le ruban adhésif double face, appliquez au-dessous une couche de ruban de masquage (utilisé pour la peinture). De cette manière, vous éviterez les traces disgracieuses sur vos murs une fois l'infestation éradiquée.

Sauf lorsqu'on les provoque en les privant de nourriture ou avec des répulsifs, les punaises se déplacent donc assez peu par elles-mêmes. En revanche, elles peuvent tout à fait voyager de manière clandestine. Pour éviter de les propager, il vous faut donc abandonner un certain nombre d'habitudes à risque.

Première chose : **évitez au maximum de déplacer des meubles ou des objets de pièce en pièce**. Dans l'idéal, mieux vaut que tout reste en place. Pour les affaires que vous devez absolument bouger régulièrement, comme le linge sale par exemple, utilisez systématiquement des sacs en plastique fermés. Surtout, condamnez votre bac de linge sale si vous en avez un, et ouvrez directement les sacs de linge au-dessus de la machine.

Les punaises se déplacent aussi souvent grâce aux **aspirateurs**. En effet, lorsque vous faites le ménage, vous avez de bonnes chances d'en attraper quelques-unes, qui pourraient ensuite ressortir. Voici donc trois conseils pour éviter que cela ne se produise : tout d'abord, procédez toujours en commençant par les pièces les moins infestées et en finissant par celles qui le sont le plus ; ensuite, jetez systématiquement le sac ou le contenu du réservoir de l'aspirateur dans un sac-poubelle fermé ; enfin, stockez l'aspirateur dans la pièce la plus touchée, ce qui sera un moindre mal si une punaise en ressortait.

Pas de panique !

Il n'est absolument pas indispensable *de jeter vos meubles ou vos affaires pour venir à bout des punaises de lit – des exceptions sont toutefois possibles pour des meubles très complexes dans le cas d'une infestation résistante aux traitements. Et un tel épisode est souvent aussi l'occasion de faire du tri. Outre l'emballage, n'hésitez pas à rendre les affaires que vous jetez inexploitables. Vous pouvez, par exemple, inscrire dessus « punaises de lit » au marqueur indélébile. Cela évitera que des revendeurs peu scrupuleux ne récupèrent vos affaires touchées sur le trottoir pour les proposer sur des sites de seconde main.*

↑

Soyez vigilant en passant l'aspirateur afin de ne pas disséminer les punaises à travers le logement.

Outre la contamination d'autres pièces de votre logement, il faut aussi **éviter de contaminer d'autres appartements** si vous vivez dans un immeuble. Comme nous l'avons vu, ces insectes se déplacent assez peu, et il est donc peu probable qu'ils aillent d'eux-mêmes s'installer chez des voisins (sauf dans le cas d'infestations extrêmement importantes et non prises en charge). Pourtant, 13 % des infestations de punaises de lit débutent à cause d'un voisin : en règle générale, les problèmes surviennent lorsque des meubles ou des affaires sont jetés à l'occasion d'un traitement. Si vous souhaitez vous débarrasser de certaines choses, il est donc indispensable de les emballer le plus hermétiquement possible en amont. Vous pouvez utiliser des sacs-poubelles pour les petits objets ou du film plastique pour les affaires plus imposantes.

Découvrez comment utiliser le ruban adhésif double face en scannant le QR code ci-dessous.

↓

Grand ménage de printemps

Comment préparer son logement

Pour que le traitement de votre logement soit le plus efficace possible, vous devez le préparer au mieux. L'objectif ici sera à la fois de limiter les cachettes dans lesquelles les punaises pourraient se réfugier, mais aussi de faciliter un maximum le travail du professionnel qui réalisera l'intervention.

Le gros du travail concerne la **préparation des textiles et des papiers**. Dans l'ensemble des pièces infestées et pour lesquelles vous avez des doutes, il convient de les emballer le plus hermétiquement possible avant la venue du technicien. Vous devrez ensuite traiter ces affaires en parallèle du logement – nous y reviendrons plus en détail dans le chapitre suivant (« Ça, ça passe à 60, tu crois ? – Comment traiter son linge », page 101).

Cette étape est pénible, mais capitale pour le succès de votre traitement. En effet, s'ils ne sont pas mis à part, les textiles (vêtements, draps, rideaux, etc.) et les papiers (livres, documents, dossiers administratifs, etc.) serviront à coup sûr de refuge aux punaises. Ces éléments ont le double défaut de comporter de nombreuses cachettes (ourlets, poches, espace entre les pages, etc.) et d'être absorbants, ce qui se révèle particulièrement gênant dans le cas d'un traitement insecticide.

Scannez ce QR code et découvrez des astuces pour le traitement du linge.

↓

Pour emballer toutes vos affaires, je vous recommande d'**utiliser de grands sacs-poubelles épais**. Cela évitera qu'ils ne se déchirent lorsque vous les déplacerez. Il est aussi possible de se procurer, souvent en magasin de bricolage, des sacs transparents. Cela vous permettra de retrouver facilement les affaires dont vous avez besoin. Enfin, pour les textiles que vous comptez passer à la machine, il existe des sacs hydrosolubles, que vous pourrez placer directement dans votre lave-linge sans les déballer, ce qui évitera les manipulations susceptibles de laisser une punaise s'échapper.

Essayez de **ne remplir les sacs qu'aux trois quarts environ**, de manière qu'ils soient plus faciles à fermer et à déplacer. Puis chassez-en l'air et entortillez-en le haut afin qu'ils soient le plus compact possible. Pour les livres et les papiers, l'idéal est de tapisser un carton de déménagement avec un sac-poubelle que vous fermerez hermétiquement. De la sorte, les punaises ne pourront pas sortir, et vous pourrez déplacer facilement ces objets sans percer le sac.

Étant donné qu'il vous faudra malgré tout vous vêtir pendant cette période (à moins que votre patron et vos voisins se montrent très tolérants en matière de naturisme), pensez à **mettre de côté les affaires que vous projetez d'utiliser** durant toute la durée des traitements (vêtements, draps, chaussures, sacs, etc.). Privilégiez des textiles peu délicats que vous pourrez laver à 60 °C; stockez-les à part et traitez-les en priorité.

Lorsque votre linge et vos papiers sont prêts, vous pouvez passer à la **préparation de votre logement proprement dit**, en commençant

Pas de panique !

Le traitement du linge *est souvent l'étape la plus effrayante du traitement contre les punaises de lit, car la tache peut sembler énorme, en particulier si vous avez un grand dressing bien rempli. Pour autant, ne vous affolez pas : d'une part, vous avez le temps, car il n'est pas nécessaire de traiter toutes les affaires avant la venue du technicien, juste de bien les emballer. D'autre part, un certain nombre de solutions existent pour vous faciliter la tâche (voir à ce sujet le chapitre « Ça, ça passe à 60, tu crois ? – Comment traiter son linge », page 101).*

par **faire un grand ménage**, en particulier si vous avez opté pour un traitement chimique. En effet, dans ce cas, une fois que le protocole aura débuté, il faudra éviter de laver les sols pendant environ un mois pour que l'insecticide fasse correctement effet. C'est donc le moment ou jamais ! De plus, **passer l'aspirateur** (en respectant bien les recommandations du chapitre précédent, « Vous ne passerez pas ! – Comment éviter la propagation », page 95) est un excellent moyen d'éliminer quelques punaises.

Si vous possédez un nettoyeur vapeur, n'hésitez pas à l'utiliser, en particulier sur les sommiers infestés et dans les zones voisines.

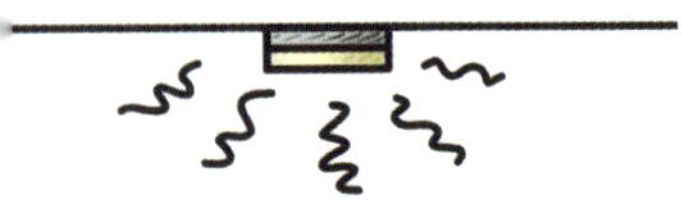

Dans le cas d'un traitement chimique, n'oubliez pas de **ranger l'ensemble des denrées alimentaires** dans votre réfrigérateur ou dans des boîtes. Il serait effectivement dommage que vos courgettes bios se retrouvent couvertes d'insecticide !

Enfin, facilitez au maximum le travail du technicien qui doit intervenir : écartez les meubles des murs, entrouvrez les placards et les tiroirs, dépliez les canapés-lits, ouvrez les trappes et autres zones peu accessibles. N'hésitez pas à prendre quelques minutes pour lui faire l'inventaire des recoins de votre logement.

Dernier point si vous avez choisi un traitement chimique : pensez à **désactiver les détecteurs de fumée**. En effet, dans certains cas, le professionnel pourra utiliser des fumigènes qui risqueraient de les déclencher. Comme vous devrez quitter votre habitation quelques heures, cela vous évitera de découvrir une brigade de pompiers dans votre salon à votre retour…

Ça, ça passe à 60, tu crois ?

Comment traiter son linge

Le traitement du linge, c'est LE gros chantier, celui qui réclame le plus de temps et d'organisation dans votre lutte contre les punaises de lit. Voyons donc comment procéder de manière exigeante, sans rien laisser au hasard, tout en vous simplifiant la vie.

Vous pourriez légitimement vous demander pourquoi cette étape si pénible est à ce point capitale. L'explication est très simple : lorsque le traitement est réalisé, qu'il soit thermique ou chimique (exception faite du canon à chaleur), il importe qu'un maximum de zones soit traité. Or, l'insecticide ou la vapeur ne pourront agir efficacement sur une pile de t-shirts enfermée dans un placard par exemple, et qui pourrait alors servir de refuge aux punaises de lit.

Emballer hermétiquement

Nous l'avons vu, en amont de l'intervention, il est indispensable que tous les textiles et papiers dans les pièces touchées soient emballés dans des sacs fermés le plus hermétiquement possible. Et comme malheureusement certains de ces sacs contiennent probablement une ou deux punaises, il faut vous assurer de bien traiter leur contenu avant de les déballer. Sinon vous risqueriez de recontaminer votre logement une fois l'infestation éradiquée.

Ils racontent

« **Quelques mois après la fin de notre bataille** *contre les punaises de lit dans notre maison, mon fils a emménagé dans son propre appartement. Il est donc parti avec toutes ses affaires, dont un sac que nous n'avions probablement pas ou mal traité. Résultat : son appartement qui était sain lorsqu'il a emménagé s'est retrouvé infesté, et nous avons dû nous relancer dans des traitements.* »

Cécile

Victime des punaises en 2020

Pas de précipitation, toutefois. S'il est indispensable d'emballer les affaires avant la venue du technicien qui doit réaliser l'intervention, le traitement du linge, quant à lui, n'a pas besoin d'être fait avant son arrivée. Tant que les textiles et les papiers sont soigneusement enfermés dans des sacs, ils peuvent rester en place plusieurs mois si vous ne les rouvrez pas. Une fois traitées, vos affaires devront demeurer à l'abri jusqu'à ce que vous soyez certain que les punaises sont éliminées, au risque sinon de devoir tout recommencer.

Plusieurs solutions s'offrent à vous pour éliminer les punaises contenues dans les différents sacs d'affaires, qui sont plus ou moins adaptées en fonction de ce que vous y avez mis.

Le traitement par la chaleur : le lavage à la machine

Maintenant que tout est prêt, vous pouvez commencer à traiter les affaires contenues dans les sacs. Une première méthode possible, pour les textiles qui le supportent, est l'utilisation de la chaleur. Vous pouvez donc laver le linge :

Les différents modes de traitement du linge

Lavage à 60°C et passage au sèche-linge au moins 30 minutes

Passage au congélateur au moins 5 jours à -18 °C

Lavage à 90°C en cycle long

Stockage 18 mois dans un contenant hermétique

- à 60 °C, avant de le passer 30 minutes au minimum au sèche-linge ;
- directement à 90 °C en cycle long.

Le traitement par le froid : le passage au congélateur

Selon la taille du sac, il peut être envisageable de stocker vos affaires 4 à 5 jours dans un congélateur domestique à - 18 °C. C'est le mode de traitement idéal pour les vêtements délicats et les papiers. Il est donc temps de manger ces petits pois surgelés qui encombrent votre garde-manger pour faire de la place ! Si votre congélateur est de volume réduit, vous pouvez éventuellement acheter d'occasion un congélateur-coffre, puis le revendre une fois que vous n'en avez plus besoin.

Dernière option, plutôt destinée aux affaires que vous utilisez peu (les archives administratives, le déguisement de Claude François du réveillon de 1997, pour ne citer que ces exemples...) : conservez-les simplement dans des sacs hermétiquement fermés pendant 18 mois. Au-delà de ce délai, faute de nourriture, les punaises seront mortes. Eh oui, même ces insectes très tenaces ne résistent pas à une diète prolongée !

Quelques conseils pour vous faciliter la vie

Face à ce vaste chantier, il existe heureusement diverses solutions. Commençons par l'emballage des affaires. Avant de les traiter, vous pouvez les enfermer dans des sacs hydrosolubles (50 centimes d'euro pièce environ). De cette manière, vous pourrez déposer le sac directement dans votre machine à laver sans risquer de laisser des punaises s'échapper.

Pas de panique !

Ne jetez pas tout !

Certes, les punaises de lit sont souvent plus efficaces que toutes les vidéos de la reine du tri Marie Kondo quand il s'agit de faire le vide. Mais il n'est pas nécessaire de vous débarrasser d'affaires ou de meubles auxquels vous tenez et que vous n'auriez pas remplacés dans d'autres conditions. Tout se traite : être victime d'une infestation coûte bien assez cher comme ça ! Si vous souhaitez quand même jeter des effets personnels, emballez-les très soigneusement, puis inscrivez « punaises de lit » au marqueur indélébile pour ne pas risquer de contaminer votre immeuble, ou pour éviter qu'elles ne soient récupérées et revendues d'occasion.

Nous l'avons vu dans le chapitre précédent, une fois traitées, vous aurez tout intérêt à **stocker vos affaires dans des sacs transparents et étiquetés** (ou bien des housses dotées d'une fermeture Éclair). Cela vous évitera de devoir éventrer et refermer 30 sacs-poubelles lorsque vous chercherez un vêtement en particulier. Cela vous épargnera aussi les crises de nerfs du dimanche soir : « Je ne trouve pas mon pull bleu dans le sac des pulls, tu l'as mis où ? Mais si, tu sais... celui avec des manches retroussées... non, pas celui-là, l'autre... ! »

Autre solution, cette fois-ci pour **limiter le volume de linge à traiter** si vous vivez dans un grand appartement ou une maison : recourez à la détection canine avant tout autre protocole pour cibler les pièces touchées. De cette manière, vous n'aurez à vous occuper que du linge contenu dans ces zones.

Dernière option, la plus confortable : **faire appel à une entreprise spécialisée dans le traitement du linge** contre les punaises de lit. Ces prestataires peuvent venir récupérer vos affaires à votre domicile et les stocker plusieurs jours dans des surgélateurs à -40 °C, avant de vous les rapporter. Ce type de service n'est malheureusement pas disponible partout, mais peut vous faciliter grandement la vie. Son coût ? Comptez de 13 à 20 euros par sac de 100 litres.

Pour cette étape aussi, prenez votre temps, planifiez bien les choses et ne vous épuisez pas. Se débarrasser des punaises de lit, c'est un marathon, pas un sprint !

La minute Davy Crockett

Comment utiliser la terre de diatomée pour piéger les punaises

En matière de punaises de lit, plus on combine les méthodes de traitement, plus on maximise ses chances de vaincre ! Dans cette lutte, la terre de diatomée est une alliée naturelle et bon marché qui permet d'éliminer mécaniquement les punaises.

Mais qu'est-ce que c'est exactement ? Il s'agit d'une fine poudre très volatile. Il s'agit en réalité de diatomées fossilisées, de minuscules algues qui se sont transformées au fil du temps en sédiments, devenus aux fonds des lacs ou des océans une roche siliceuse (composée de silice) qui est ensuite broyée pour obtenir de la terre de diatomée.

↑
Terre de diatomée

Elle peut se présenter sous deux formes : de la terre de diatomée calcinée, qui a été brûlée à plus de 800 °C, de couleur rouge, extrêmement nocive et dont l'usage est réservé au bâtiment ; et de la terre de diatomée dite « non calcinée » ou « amorphe », ou encore « de qualité alimentaire », de couleur blanche ou grise, qui est celle qui nous intéresse pour lutter contre les punaises de lit.

Comment cela fonctionne-t-il ? Tous les fossiles microscopiques qui composent la terre de diatomée sont extrêmement tranchants, comme de minuscules lames de rasoir. Lorsqu'une punaise

> ## Ils racontent
>
> « **Lors de notre infestation,** *en plus du reste, nous avons fait un traitement à la terre de diatomée qui a sans doute contribué à éliminer le problème. Nous l'avons démarré le jour de notre départ en vacances pour éviter que notre chien en renifle, puis nous avons tout nettoyé dès notre retour. Cela a été assez long, car la terre de diatomée se colle partout. Je crois que ce traitement aurait été plus efficace si nous avions été présents pour attirer les punaises. Mais cela a probablement permis de ne pas les laisser se balader tranquillement dans l'appartement lorsque nous étions absents !* »
>
> Hellène
>
> *Victime des punaises en 2020*

entre en contact avec ce matériau, sa carapace se couvre de microlésions qui vont entraîner sa mort par déshydratation dans les jours qui suivent. La terre de diatomée a donc une action mécanique et non chimique sur les punaises, ce qui limite grandement les risques de résistance.

Avant de vous lancer dans la découpe microscopique des punaises de lit façon Uma Thurman dans *Kill Bill*, je dois attirer votre attention sur les risques et les précautions à prendre inhérents à l'utilisation de la terre de diatomée chez vous. Même si la version non calcinée est beaucoup moins dangereuse que celle brûlée, il s'agit malgré tout de silice, soit une poudre extrêmement fine et volatile composée de particules tranchantes. Si vous inhalez de la terre de diatomée, cette dernière créera des microlésions dans vos voies respiratoires (bronches, poumons, etc.), et vous pourrez développer différentes pathologies allant de l'essoufflement à la fibrose pulmonaire. La terre de diatomée se manipule donc avec prudence en respectant un certain nombre de consignes de sécurité. Ayez bien à l'esprit que ce n'est pas parce que c'est naturel que c'est inoffensif.

Quelles précautions prendre lorsque l'on utilise de la terre de diatomée ? Tout d'abord, portez systématiquement un masque lorsque vous en manipulez, que ce soit lors de la mise en place ou lorsque vous passez l'aspirateur pour la retirer. N'en utilisez pas dans des pièces fréquentées par des enfants ou des animaux de compagnie. La terre de diatomée est aussi à proscrire dans des zones ouvertes dans lesquelles des courants d'air sont fréquents et/ou la circulation est importante. Pour faire simple, n'en tapissez pas le sol du salon, ni votre matelas ou votre sommier.

Mais alors où faut-il en mettre ? Utilisez-en dans des zones abritées, dans lesquelles les punaises ont de fortes chances de circuler et qui sont potentiellement difficiles à atteindre avec les autres méthodes. Vous pouvez donc déposer de la terre de diatomée derrière les prises électriques et les interrupteurs, sous les plinthes, dans les goulottes électriques, etc.

Pour ne prendre aucun risque, des boutiques spécialisées ou des enseignes de bricolage proposent de la terre de diatomée en spray, nettement plus coûteuse, mais bien plus facile d'usage et sans danger. Il s'agit en effet de terre de diatomée mélangée à une solution collante qui permet d'éviter qu'elle ne se dissipe dans l'air que vous respirez.

Dernier point important : dans quel contexte utiliser de la terre de diatomée ? Deux cas de figure sont envisageables : vous pouvez y avoir recours en parallèle d'un traitement plus complet, en vous concentrant uniquement sur les zones qui n'ont pas pu être ciblées (prises, goulottes électriques, coffrages, etc.) lors de l'intervention du professionnel ; il est aussi possible de disposer de la terre de diatomée si pour une raison ou pour une autre vous devez différer le traitement. Ce n'est certes pas idéal, mais cela permettra d'éviter que les punaises ne prolifèrent trop durant cette période. Dans ce cas, en particulier si vous n'êtes pas présent dans votre logement, vous pouvez en disposer plus largement sur l'ensemble des sols.

À présent que la terre de diatomée n'a plus de secret pour vous, passons à un autre mode de traitement, naturel lui aussi, mais nettement plus facile à utiliser : la vapeur.

Pas de panique !

La terre de diatomée
est minérale, il n'y a donc aucun risque à l'utiliser dans les installations électriques, elle ne peut pas causer d'incendie. D'ailleurs, une fois que vous l'avez mise en place, vous pouvez parfaitement la laisser à tout jamais dans les espaces difficilement accessibles où il est compliqué de la retirer.

Flashez ce QR code pour plus d'informations sur la mise en place de la terre de diatomée.

↓

Ça défoule !

Comment bien utiliser la vapeur

La vapeur est une alliée de choix dans la lutte contre les punaises de lit, que vous pourrez utiliser soit en complément d'un autre mode de traitement pour maximiser ses chances de succès, soit seule dans le cadre de l'intervention d'un professionnel.

Pourquoi utiliser la vapeur ? Pour commencer, c'est une méthode naturelle et sans risque pour éliminer les punaises. À l'inverse de la terre de diatomée évoquée au chapitre précédent (« La minute Davy Crockett – Comment utiliser la terre de diatomée pour piéger les punaises », page 105), la vapeur ne présente aucun danger pour la santé. Sauf, bien sûr, si vous vous brûlez par maladresse avec le jet…

Par ailleurs, la vapeur a une action dite mécanique sur les punaises de lit, qu'elle élimine en les brûlant. Bien que particulièrement coriaces, ces insectes ne résistent heureusement pas à un jet de vapeur sous pression à plus de 100 °C ! Il n'y a donc aucun risque qu'ils développent une quelconque résistance génétique à ce mode de traitement.

Enfin, lorsqu'elle est bien utilisée, la vapeur a aussi le mérite d'être efficace sur les punaises quel que soit leur stade de développement.

Contrairement aux insecticides ou à la terre de diatomée, elle élimine aussi bien les œufs et les nymphes que les adultes, et tout ça sans risquer non plus de les faire migrer, puisque la vapeur n'a pas d'effet répulsif.

Après une telle mise en bouche, vous trépignez sans doute à l'idée de tester ma recette d'« œufs de punaises de lit vapeur » ; mais – car il y a bien évidemment un « mais » – il me faut tout de même évoquer les **limites de ce mode d'éradication**. D'une part, la vapeur nécessite, pour être efficace, que la punaise soit assez proche du jet et qu'elle n'ait pas non plus le temps de fuir. Cela demande donc un certain coup de main, et malheureusement certaines zones ne pourront pas être traitées avec cette méthode. Par exemple, si votre logement est ancien, il vous sera impossible d'éliminer des punaises qui se seront réfugiées sous le parquet.

↑
Élimination des punaises à l'aide d'un nettoyeur vapeur

D'autre part, si la vapeur a une action immédiate sur les punaises, ce qui permet de faire baisser très rapidement le nombre de piqûres, elle n'a en revanche aucun effet de plus long terme, une fois le traitement réalisé. Si vous oubliez une seule femelle, le protocole ne fonctionnera donc pas. C'est pour ces raisons qu'en dehors des interventions effectuées par des professionnels spécialisés et des cas d'infestations extrêmement récentes, la vapeur ne peut être utilisée qu'en complément d'autres méthodes de traitement.

Il existe deux cas de figure dans lesquels il peut être intéressant de réaliser vous-même un traitement à la vapeur dans votre logement. Dans le premier cas, le plus courant, vous avez prévu de faire venir un professionnel pour effectuer

Pas de panique !

Ces machines sont extrêmement coûteuses, *de l'ordre de plusieurs centaines d'euros, même d'occasion. Il n'est donc absolument pas nécessaire d'en acheter une. Pour une ou deux utilisations dans votre vie (guère plus, je vous le souhaite !), mieux vaut la louer pour quelques dizaines d'euros, soit sur des sites de petites annonces, soit dans une boutique spécialisée.*

une intervention chimique, et vous décidez de mettre toutes les chances de votre côté et de faire baisser plus vite le rythme des piqûres en recourant à la vapeur AVANT sa venue – sous peine, nous l'avons vu plus haut, d'annihiler l'effet de l'insecticide et de rendre inefficace l'ensemble du protocole.

Second cas : vous faites face à une infestation très récente et vous voulez tenter un traitement « maison ». L'utilisation de la vapeur sera alors indispensable, combinée avec d'autres méthodes comme la terre de diatomée ou encore l'utilisation d'insecticides grand public. Là encore, pour les mêmes raisons, la vapeur devra être la première étape du traitement.

Pour réaliser ce traitement, vous devrez vous équiper d'une **machine capable de produire un jet de vapeur qui soit à la fois assez chaud et assez puissant**. Dans le cas contraire, soit la vapeur n'ira pas suffisamment loin pour atteindre les punaises, soit la température du jet ne sera pas assez élevée une fois qu'il atteindra la punaise. Vous pouvez bien sûr utiliser votre nettoyeur vapeur avec une buse si vous en possédez déjà un, surtout si vous réalisez ce traitement en complément de l'intervention d'une entreprise. En revanche, si vous optez pour un traitement 100 % « maison » et/ou si vous ne possédez pas de machine vapeur, mieux vaut vous munir d'un appareil spécialement conçu pour cette tâche, de type Polti Cimex Eradicator.

Avant de commencer, assurez-vous tout d'abord que le réservoir d'eau de votre machine vapeur est bien plein. En effet, avec la plupart des machines de ce type, il faut attendre le complet refroidissement de l'appareil avant de le remplir

←

Traitement thermique d'un sommier à lattes

à nouveau, sous peine de recevoir un jet de vapeur sous pression sur les mains !

Ensuite, identifiez les zones à traiter en priorité ou sur lesquelles il faudra insister particulièrement, et dégagez-en l'accès. Il s'agit bien sûr des zones de prédilection des punaises : les matelas et sommiers et leurs abords, les tables de chevet, les canapés, les fauteuils, les rideaux, les plinthes, etc. Attention, si vous avez des meubles en bois vernis ou des textiles synthétiques, la vapeur peut les endommager. Si vous avez un doute, faites des tests sur des surfaces peu visibles.

Enfin, lancez-vous ! Vous verrez, avec votre pistolet vapeur à la main, pendant les 10 premières minutes, ça défoule (pendant les 2 ou 3 heures qui suivent, ça devient plus ennuyeux...). Vous devez essayer de déplacer le jet de vapeur dans le bon tempo : si vous allez trop vite, vous ne tuez pas les punaises ; si vous allez trop lentement, elles ont le temps de s'échapper. Il faut viser une vitesse d'environ 10 cm par seconde. Vous trouverez une vidéo récapitulative en suivant le lien du QR code ci-contre.

Scannez le QR code ci-dessous pour savoir comment utiliser la vapeur dans la lutte contre les punaises.

↓

Je vais te faire un grog !

Les remèdes de grand-mère un peu douteux

Vous n'êtes pas sans savoir que lorsque l'on fait face à une infestation de punaises, on trouve un peu tout et son contraire sur Internet. Il existe notamment beaucoup de remèdes de grand-mère ou de solutions soi-disant miracles qui peuvent se révéler utiles dans certaines configurations, mais sont bien souvent mal appliqués.

Commençons cet inventaire par les différents **pièges spécifiques pour les punaises de lit**. Ils sont plus ou moins élaborés, allant de la simple plaque collante aux dispositifs émettant des phéromones ou bien destinés à isoler son lit. Malheureusement, ces outils, parfois assez coûteux, ne sont d'aucune utilité. Même les pièges à phéromones ne sont pas suffisamment attirants pour que toutes les punaises se prennent dedans. Dans le cas d'une infestation récente, quand la quantité d'insectes est faible, il faudra parfois plusieurs semaines avant que le piège n'attrape une punaise.

Ces pièges ne constituent absolument pas des moyens de traitement, mais des **dispositifs d'alerte**. Ils sont pensés avant tout pour les hôteliers, qui peuvent de cette manière savoir plus rapidement si une de leurs chambres est infestée. Pour les particuliers, ils ne présentent un intérêt que dans un seul cas de figure : si vous n'êtes pas allergique aux piqûres de punaises. En effet, les personnes non réactives aux piqûres mettent souvent plusieurs semaines, voire des mois à comprendre qu'elles sont touchées. Les punaises ont donc le temps de se multiplier, et le traitement est plus complexe, car l'infestation est prise en charge tardivement. Si c'est votre cas, une fois que votre logement a été traité, cela peut avoir du sens d'utiliser des pièges à phéromones. Vous pourrez ensuite les inspecter tous les 15 jours pour vous assurer qu'une nouvelle infestation n'est pas en train de démarrer.

Deuxième produit que l'on croise un peu partout sur les forums et sur certains sites spécialisés : les **huiles essentielles** comme le tea tree, et plus généralement les **produits répulsifs**. Là encore, certains d'entre eux fonctionnent comme ils sont supposés le faire : ils repoussent au moins temporairement les punaises de lit. Ces substances peuvent donc être utilisées de manière préventive, sur vos valises par exemple, lorsque vous partez en vacances. Attention cependant, sauf à imbiber l'intégralité de votre linge, ils n'agissent pas non plus comme une barrière infranchissable. En cas de doute, mieux vaut donc malgré tout emballer votre valise et traiter vos affaires avant de rentrer chez vous.

Si les répulsifs peuvent donc **jouer un rôle sur le plan préventif**, en revanche ils ne constituent nullement une solution lorsque votre logement est infesté. Dans le meilleur des cas, si vous pulvérisez votre lit, vous aurez la paix une nuit ou deux. Au-delà, les punaises, en manque de nourriture, vous piqueront quand même. Par ailleurs, en utilisant ce type de produits dans les pièces touchées, vous risquez d'éparpiller des punaises soit au sein de la pièce, soit dans l'ensemble de votre habitation, et donc de compliquer les

Pas de panique !

Si vous préférez éviter *l'utilisation d'insecticides de synthèse dans votre logement et que, pour des raisons techniques ou budgétaires, un traitement thermique n'est pas possible, des insecticides naturels existent. Vous pouvez demander au professionnel qui intervient de privilégier des molécules comme le géraniol ou les pyréthrinoïdes. Ces dernières s'utilisent comme les insecticides de synthèse, même si elles sont un peu moins radicales.*

traitements. Vous obtiendrez alors un effet plutôt contreproductif pour un bénéfice très limité.

Étudions à présent la question des **housses anti-punaises de lit**. Il en existe de deux sortes : certaines sont destinées aux sommiers, et d'autres aux matelas ou aux coussins. Elles sont en règle générale assez coûteuses, de l'ordre de 100 à 150 euros par housse, et permettent d'éviter que les punaises n'y entrent ou n'en sortent, puisque ces dernières sont incapables de faire des trous. Mais ces housses n'empêchent en aucun cas l'installation d'hôtes indésirables chez vous. En effet, si les punaises ne peuvent pas se réfugier sur le matelas ou dans le sommier, elles iront simplement s'installer ailleurs, dans les plinthes ou les tables de chevet par exemple.

Au vu de leur coût élevé, ces équipements ne présentent donc un **intérêt que si votre matelas est percé** (soit à cause d'une couture défaite, soit parce qu'il est conçu avec des trous). En effet, dans ce cas, il est complexe d'éliminer les insectes réfugiés à l'intérieur, et la mise en place d'une housse anti-punaises de lit pendant le traitement pourra vous permettre de les y enfermer. Au bout de 18 mois, faute de nourriture, les punaises mourront de faim, et cela vous évitera de devoir acheter un matelas neuf.

S'ajoutent à cette liste les **insecticides grand public** que nous avons déjà évoqués précédemment. Ces derniers contiennent certains des principes actifs présents dans les insecticides professionnels, dont la vente est réglementée, mais à des dosages bien plus faibles. Et comme tous les insecticides, ils peuvent avoir un effet répulsif sur les punaises de lit. Leur utilisation n'est donc envisageable que dans le cas d'une

infestation extrêmement récente (4 semaines maximum), c'est-à-dire bien souvent à un stade où les punaises ne sont même pas encore visibles. Au-delà, ils ne seront pas suffisamment efficaces pour venir à bout de l'infestation, et ils la rendront au contraire plus résistante. Par ailleurs, ils doivent être utilisés avec méthode pour ne pas risquer d'aggraver la situation en éparpillant les punaises (voir le chapitre « Opération MacGyver – Le déroulement d'un traitement "maison" », page 60).

Enfin, dernier remède de grand-mère qui pourrait vous être proposé : les **feuilles de haricots**. C'est le moment de sortir le chapeau de paille et votre sécateur pour un atelier botanique.

La surface des feuilles de haricots est recouverte de pics microscopiques qui transpercent les pattes des punaises de lit et les retiennent prisonnières. En théorie, il conviendrait donc de tapisser chaque soir votre logement de feuilles, puis de les ramasser et de les brûler chaque matin pour venir à bout des indésirables. Malheureusement, les feuilles en question sèchent très vite et ne sont alors plus efficaces. Sauf si vous disposez d'un grand potager et que vous avez une passion pour les salades de haricots verts, cette astuce n'est guère applicable pour éradiquer une infestation.

De manière générale il n'existe malheureusement pas de solution miracle ou facile pour éliminer les punaises (sinon, promis, je vous en aurais parlé). Par ailleurs, soyez vigilant avec ce type de remèdes ou d'astuces un peu douteuses. Si l'objectif premier est bien souvent de dépenser moins, certaines solutions inefficaces ou mal appliquées peuvent finir par vous coûter plus cher qu'un traitement bien réalisé dès le début.

↑
Les feuilles de haricots verts sont des pièges à punaises.

Étape 4

Organiser le quotidien

La durée moyenne pour venir à bout d'une infestation de punaises de lit est de deux mois et demi. L'objectif de ce livre est de vous donner toutes les informations nécessaires pour vous permettre de vous en débarrasser au plus vite. Pour autant, ces charmantes colocataires ne s'éliminent pas d'un claquement de doigts. Nous allons donc voir dans cette partie comment organiser le quotidien pour le rendre le plus « confortable » possible pendant cette période.

Le point fashion week

Comment s'habiller et accéder facilement à ses vêtements

Vous l'avez bien compris maintenant, l'élimination des punaises de lit prend malheureusement un certain temps, tout comme le traitement de votre linge. Il va donc vous falloir trouver des solutions pour accéder facilement à une partie de vos affaires, sans risquer de les réinfester, afin que vous puissiez vous habiller jusqu'à la fin de l'infestation.

Lorsque l'on découvre le protocole de traitement du linge, le premier réflexe est bien souvent de dresser une liste mentale de tous nos vêtements qui ne passent pas à 60 °C. Puis, assez vite, une deuxième question surgit : mais comment vais-je faire pour m'habiller ? Je vous rassure, vous ne serez pas obligé de vous promener en combinaison hermétique, et vous n'aurez pas non plus besoin de réclamer l'instauration d'une politique naturiste au bureau !

Bien sûr, la grande majorité de vos affaires doit rester enfermée, à l'abri de toute réinfestation, jusqu'à ce que vous soyez sûr que le problème est éradiqué. Sans quoi vous risqueriez d'être obligé de tout retraiter en cas d'échec. Il vous faut donc mettre de côté un petit nécessaire de survie pour vous permettre de tenir jusque-là. Vous vous occuperez ensuite de ces affaires en priorité.

Selon la méthode choisie, cette période d'incertitude sera plus ou moins longue. Dans le cas d'un traitement chimique,

Le saviez-vous ?

La durée moyenne pour venir à bout des punaises de lit

En moyenne, il faut deux mois et demi aux personnes touchées pour venir à bout des punaises de lit, et pour plus d'un quart des victimes, cela prend plus de trois mois. Mais pas d'inquiétude, dans l'immense majorité des cas, lorsque les protocoles sont correctement appliqués dès le début, les punaises sont rapidement vaincues. L'objectif de ce livre est de vous donner les clés pour faire partie des 28 % pour lesquels l'éradication a pris moins d'un mois (pour éviter de perdre du temps, et de l'argent, voir le chapitre « Houston, on a un problème ! – Les erreurs les plus fréquentes », page 92).

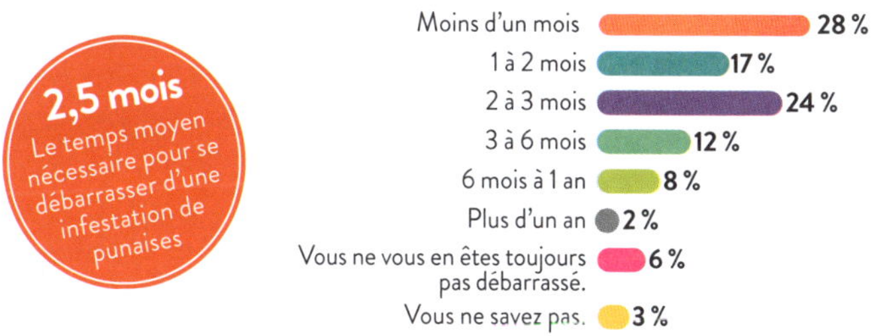

Ipsos pour badbugs.fr

prévoyez de quoi tenir au moins un mois et demi ou deux mois. En effet, le traitement dure un mois, auquel s'ajoute un mois d'attente pour vous assurer que vous n'êtes plus piqué. Dans le cas d'un traitement thermique, des affaires pour un mois devraient largement suffire.

La plupart du temps, il vous faudra **au minimum pour chaque personne** :

- des **vêtements** pour tenir une semaine ;
- **un ou deux manteaux** ;
- **deux jeux de draps** ;
- **un sac à main, à dos ou un cartable** ;

> ## Ils racontent
>
> « **Comme je travaillais de la maison,** *j'ai pu assez facilement tourner avec une garde-robe réduite durant l'infestation. Presque neuf mois après, j'ai encore pas mal d'affaires enfermées dans des doubles sacs-poubelles, que je n'ose pas sortir.* »
>
> Victoire
>
> *Victime des punaises en 2020*

- **deux paires de chaussures** ;
- les **quelques livres et cahiers** dont vous ou vos enfants auriez absolument besoin ;
- **un sac de voyage** si vous avez prévu des déplacements que vous ne pouvez pas reporter (dans ce cas, voir le chapitre « Dans ma valise, il y a… – Comment éviter d'en emmener partout », page 125).

Pour la partie textile, privilégiez évidemment, dans la mesure du possible, des affaires peu délicates lavables à 60 °C et supportant le passage au sèche-linge. Cela vous permettra de tenir au moins les premiers jours jusqu'à ce que vous ayez pu congeler les affaires plus fragiles dont vous auriez éventuellement besoin.

Une fois ces affaires traitées, vous devrez les stocker pour qu'elles soient à la fois facilement accessibles pour vous et totalement inaccessibles pour les punaises de lit. Ouvrir des sacs-poubelles tous les matins pour vous habiller, avant de devoir les refermer hermétiquement risque très rapidement de vous taper sur le système ! Plusieurs solutions sont donc envisageables :

- Si vous êtes sûr que **certaines pièces de votre logement sont saines**, par exemple grâce à une détection canine, vous pouvez y entreposer vos affaires une fois que ces dernières ont été minutieusement traitées – sans quoi vous risqueriez de contaminer une zone non touchée !
- Si malheureusement toutes les pièces sont touchées, ou que vous avez des doutes, il est possible d'utiliser des **housses hermétiques** pour ranger vos affaires : par exemple, celles conçues pour le stockage sous vide, qui disposent la plupart du temps d'une fermeture

↑
Housse de stockage sous vide

Éclair. De cette manière, vous pourrez facilement voir le contenu de la housse et y accéder, contrairement aux punaises.

- Si vous avez chez vous un **portant d'appoint**, vous pourrez très facilement le rendre « punaises proof ». Il vous suffit pour ce faire de l'éloigner du mur et des autres meubles, et d'apposer sur chaque pied une ou deux bandes de ruban adhésif double face très collant. Comme les punaises ne savent ni sauter ni voler, vous pourrez alors suspendre vos vêtements traités et y accéder très facilement. Cela vous permettra aussi de faire sécher votre linge sans prendre de risque.

Comme les punaises ne pourront pas recontaminer ces affaires, il n'est absolument pas nécessaire de les retraiter après chaque utilisation. Une fois le premier traitement réalisé, vous pouvez les laver tout à fait normalement pour ne pas risquer de les abîmer.

→
Sac de stockage en plastique transparent

Pour le reste des affaires que vous n'utiliserez pas durant cette période, comme nous l'avons vu précédemment, n'hésitez pas à privilégier des **sacs transparents** pour les stocker une fois qu'elles sont traitées. Ils ne sont pas beaucoup plus chers que des sacs-poubelles classiques, et vous pourrez ainsi compléter beaucoup plus facilement votre garde-robe temporaire au gré de vos besoins. Sinon, vous risquez d'être obligé d'éventrer et de refermer 10 sacs différents chaque fois que vous voulez mettre la main sur une robe ou un t-shirt en particulier.

Flashez ce QR code pour en savoir plus sur le stockage du linge.
↓

Le plastique, c'est fantastique !

Comment mettre à l'abri les affaires délicates du quotidien (sacs, chaussures, cartables, etc.)

Traiter ses affaires une fois, c'est une chose, mais devoir les traiter tous les jours pour ne pas risquer d'emmener des punaises au bureau, chez des amis ou en cours en est une autre. Rassurez-vous, nul besoin d'installer un sas de décontamination devant chez vous !

Tout d'abord, sauf dans le cas d'une infestation extrêmement avancée, les punaises ne se précipiteront pas dans tous les sacs et chaussures que vous pourriez laisser traîner ! Pour autant, vous pouvez mettre en place un petit système pratique, afin de ne prendre aucun risque. Cela vous permettra d'abriter toutes les affaires dont vous avez besoin, mais que vous ne pouvez pas traiter aisément au quotidien, telles que les sacs, les cartables, les livres scolaires, les portefeuilles, les chaussures, etc.

L'idée, comme nous l'avons vu plus haut, est de vous occuper de ces affaires en priorité. La plupart du temps, pour ce type d'objets, un traitement à la vapeur ou un passage 4 à 5 jours au congélateur sera privilégié, car le lavage à 60 °C est rarement une option.

Ensuite, ces objets étant destinés à être utilisés à l'extérieur de votre domicile, vous pourrez facilement les mettre à l'abri. Le plus simple consiste

→

Bac de rangement en plastique garni de ruban adhésif double face pour isoler les affaires des punaises

à **disposer dans l'entrée un bac en plastique pour chaque habitant du logement**. Vous y prendrez vos affaires avant de partir le matin, puis vous les y déposerez directement en rentrant le soir.

Pour vous assurer qu'aucune punaise un peu aventurière n'aille se glisser dans les bacs pendant la nuit, vous pouvez **garnir le haut des bords de la caisse de ruban adhésif double face très collant**. De la sorte, les punaises seront incapables de pénétrer à l'intérieur, et vous n'aurez pas besoin de retraiter ces affaires tous les jours. Concernant les appareils électroniques que vous utilisez, à la fois chez vous et en dehors, comme les téléphones et les ordinateurs portables, pour ne citer qu'eux, il n'existe malheureusement pas de méthode imparable pour vous assurer qu'aucune punaise n'a été se loger à l'intérieur, car il est peu recommandé de les passer à la machine ou au congélateur. Mais ce ne sont généralement pas des lieux de prédilection des punaises. Pour écarter le moindre doute, éviter de les utiliser dans des zones à risque (le lit tout particulièrement). Vous devrez malheureusement patienter un peu avant de binge-watcher votre série préférée sous votre couette.

Dans ma valise,
il y a...

Comment éviter d'en emmener partout

Nous l'avons dit, il est important que vous puissiez continuer de vivre (presque) normalement pendant cette période. Si vous vous isolez et que vous ne voyez plus personne, cela va devenir infernal ! Mais il faut bien sûr éviter de contaminer vos proches, votre résidence secondaire ou votre lieu de travail.

Par chance, les punaises de lit sont plutôt des voyageuses passives, et en dehors de leurs repas, elles apprécient assez peu notre compagnie ! Sauf exception, elles ne se promènent donc pas sur nous ou sur les vêtements que nous portons. Au quotidien, en particulier en été quand nous n'enfilons pas de gros manteaux, nous les déplaçons principalement via nos sacs et nos valises. Il est donc relativement aisé d'éviter cela en prenant quelques précautions.

Pour les sorties du quotidien, essayez autant que possible de voyager léger. Que ce soit pour vous rendre au travail ou aller dîner avec des amis, évitez au maximum de prendre un sac avec vous, et si c'est indispensable, glissez-y le strict minimum. Cependant, si vous ne portez sur vous que des affaires traitées et stockées à l'abri, comme nous l'avons vu dans les chapitres précédents, vous ne prenez absolument aucun risque. Il n'est pas du tout nécessaire de vous déshabiller sur le palier de vos proches lorsque vous leur rendez visite comme je l'entends parfois.

Pour les voyages, essayez de les reporter, surtout si vous êtes hébergé par des proches. D'une part, dans le cas d'un traitement insecticide, votre présence à votre domicile est indispensable pour que le protocole fonctionne ; d'autre part, vous éviterez ainsi de contaminer quiconque.

Bien sûr, il n'est pas toujours possible de différer certains déplacements. Si tel est votre cas, deux solutions s'offrent à vous : soit vous partez sans affaires et vous faites du shopping sur place, soit vous ne partez qu'avec des vêtements traités extrêmement rigoureusement. Attention, il faut vous occuper aussi bien du contenu de votre valise que de la valise elle-même. Privilégiez donc de simples sacs en toile lavables en machine plutôt que des valises complexes, bourrées de recoins. Si comme moi vous oubliez une fois sur deux de prendre un sac pour faire vos courses, ce sera enfin l'occasion d'amortir votre collection de 90 tote bags qui attendent sagement sous l'évier de la cuisine que vous les utilisiez.

Si vous naviguez entre plusieurs logements, soyez vigilant et alertez votre entourage. Je pense notamment aux familles recomposées, aux couples qui vivent dans des appartements séparés ou aux personnes qui se rendent régulièrement dans une résidence secondaire. Si vous êtes dans l'une de ces situations, il va falloir effectuer rapidement un diagnostic dans vos autres lieux d'habitation afin de vous assurer que ces derniers n'ont pas été contaminés.

Si malheureusement c'était le cas, vous devrez tenter, dans la mesure du possible, de synchroniser les traitements. Sinon, les punaises risquent de faire des allers-retours, et vous recontaminerez votre logement juste après l'avoir traité.

Dans l'idéal, mieux vaut donc éviter de passer d'une habitation à l'autre tant que vous n'êtes pas certain que les deux lieux de résidence soient sains. Mais ce n'est évidemment pas toujours possible. Dans ce cas, laissez dans les deux logements assez d'affaires traitées pour ne pas avoir à voyager de l'un à l'autre avec des sacs. De cette manière, vous limiterez au maximum les risques de (re)contamination.

Si vous avez une voiture, traitez-la par sécurité. Sauf dans le cas d'une infestation très avancée, les punaises s'y logent assez rarement, ce n'est pas un environnement particulièrement propice à leur développement. Pour autant, comme il est très simple et rapide de traiter un véhicule, il serait dommage de s'en priver. Deux solutions existent :

- En été, le plus simple est de laisser votre voiture quelques jours en plein soleil (par exemple sur un parking de supermarché). La température y dépassera les 60 °C pendant plusieurs heures, ce qui aura pour effet d'éliminer toute punaise en vadrouille.
- Si la saison ne s'y prête pas, vous pouvez aussi tout simplement demander à l'entreprise en charge du traitement de pulvériser votre voiture lors de son intervention.

Maintenant que vous savez quelles précautions prendre pour vous rendre sans risque chez vos proches, voyons pourquoi et comment leur parler de votre problème de punaises de lit.

Ils racontent

« **Malheureusement,** *lorsque j'ai eu des punaises de lit, j'ai mis plusieurs semaines à comprendre de quoi il s'agissait. Durant cette période, mes enfants ont continué à faire des allers-retours un week-end sur deux entre chez moi et l'appartement de mon ex-mari. Lorsque j'ai enfin pris conscience du problème, j'ai eu beaucoup de mal à lui faire admettre que son logement aussi avait pu être contaminé. J'ai donc dû payer une détection canine de son appartement, qui s'est malheureusement révélée positive, pour lui ouvrir les yeux. Après ce constat, il a pu commencer lui aussi un traitement, et nous avons demandé aux enfants de laisser quelques affaires chez leur père pour qu'ils emportent le moins de choses possible lorsqu'ils passaient le week-end chez lui.* »

Jeanne

Victime des punaises en 2019

Allô, François ?
Tu vas rire...

Pourquoi et comment en parler à ses proches

C'est bien souvent une question que vous gardez dans un coin de votre tête sans trop oser y penser : faut-il que j'en parle autour de moi ou pas ? La réponse est simple : OUI ! C'est même très important.

Bien sûr, évoquer son infestation de punaises de lit en cours peut plomber quelque peu l'ambiance d'un dîner chez des amis, surtout si vous venez de déposer vos affaires dans leur chambre ! Pourtant, c'est capital, même si effectivement cela risque d'en stresser certains.

Fort heureusement, ce n'est pas parce qu'on a des punaises de lit à son domicile qu'on en emmène nécessairement partout. Vous savez désormais comment procéder pour ne pas propager le fléau (voir le chapitre « Dans ma valise, il y a... – Comment éviter d'en emmener partout », page 125). Pour autant, il n'est pas impossible que, durant la période où vous ignoriez encore que vous faisiez face à une infestation de punaises, vous ayez pu contaminer les proches qui sont venus chez vous et ceux chez qui vous êtes allé. Par ailleurs, il est tout à fait envisageable qu'un ami ou un membre de votre famille soit à l'origine de vos déboires. **En moyenne, 17 % des personnes qui ont eu des punaises de lit pensent avoir été contaminées par un proche.** Il est donc indispensable d'en parler à toutes les personnes que vous avez invitées, ou chez qui vous vous êtes rendu car, si malheureusement elles étaient touchées, mieux vaut qu'elles prennent en charge le problème le plus tôt possible.

En effet, comme nous l'avons vu plus haut, plus une infestation est prise en charge précocement, plus les chances de succès des traitements sont élevées. N'hésitez donc pas à **décrire à votre entourage les symptômes les plus courants de la présence de punaises** évoqués dans les premiers chapitres de l'étape 1.

De plus, si vos proches sont infestés pour une raison ou une autre, mieux vaut qu'ils s'en rendent compte pour ne pas vous réinfester par la suite.

C'est malheureusement un cas classique : vous réalisez votre traitement avec succès, que vous célébrez comme il se doit en organisant une petite fête, au cours de laquelle un membre de votre entourage vous recontamine ! Il importe donc d'en parler pour vous éviter d'entamer une partie de ping-pong de punaises.

Le saviez-vous ?

Le nuisible qui fait le plus peur aux Français

D'après une étude Odoxa de 2019, pour 48 % d'entre eux, les punaises sont plus terrifiantes que les rats, les cafards ou encore les frelons, et ce, alors même que seulement 8 % ont déjà croisé leur chemin. Autant dire que la réputation des punaises de lit les précède. Pourtant, il n'en est pas moins essentiel d'en parler à vos proches.

→

Les moments de convivialité peuvent être l'occasion d'un partage d'expérience...

En abordant le sujet, vous vous apercevrez que vous connaissez de nombreuses personnes ayant eu des punaises sans jamais vous l'avoir dit. C'est l'occasion de glaner quelques conseils et contacts.

C'est l'un des problèmes associés aux punaises de lit : comme ce n'est pas hypersexy, personne n'en parle. Du coup, tout le monde commet les mêmes erreurs à tour de rôle, sans jamais partager les contacts des artisans sérieux, de confiance, capables d'en venir à bout.

Ce sera aussi l'occasion de **faire de la pédagogie**. Vous pourrez expliquer à vos proches comment faire en sorte de ne pas en ramener chez soi, quels sont les signes avant-coureurs d'une infestation, etc. De cette manière, vous épargnerez peut-être à l'un d'eux une mauvaise expérience, et vous éviterez par là même qu'il vous ramène des punaises si cela devait lui arriver un jour. Attention, petit risque corollaire : vous avez toutes les chances de devenir l'expert punaises au sein de votre cercle d'amis, mais vous pourrez ainsi leur faire profiter de votre science chèrement acquise sur le sujet !

Durant cette épreuve parfois longue, souvent stressante, voire épuisante, vous aurez sans doute besoin de relâcher la pression. Il est important que vous puissiez vous détendre et vider votre sac en en parlant avec vos proches. Leur soutien moral ne sera pas superflu. Si vous vous isolez, la période n'en sera que plus compliquée !

Bon, tout ça, c'est bien gentil, mais reste à savoir comment aborder le sujet. Car, d'un côté, il faut que les membres de votre entourage comprennent que c'est un problème important et qu'ils doivent se montrer vigilants. De l'autre, l'objectif n'est pas de les angoisser alors qu'ils ne sont probablement pas touchés.

Vous avez certainement passé l'âge des mots d'excuse, mais je me suis tout de même permis d'en rédiger un (voir page suivante) qui contient les informations clés. Vous n'avez ainsi plus qu'à compléter avec votre prénom, à le prendre en photo et à l'envoyer accompagné d'un texto ou d'un coup de fil sympa. Ça peut être un moyen de faire passer le message tout en dédramatisant un peu la situation.

Ils racontent

« ***J'en ai parlé à mes proches pour partager mon stress,*** *mais aussi pour les alerter, leur expliquer que ce n'était pas un problème d'hygiène et leur dispenser quelques conseils de prévention. Certains étaient plutôt dans l'empathie et le soutien, mais j'ai aussi senti que pour d'autres je devenais un peu une pestiférée. J'étais bien sûr particulièrement vigilante lorsque j'allais chez des amis pour les rassurer et ne pas risquer de les contaminer.* »

Victoire

Victime des punaises en 2020

Le cas particulier des voisins

Si vous vivez dans un immeuble, il y a heureusement peu de chances que vous ayez contaminé l'appartement de vos voisins. En règle générale, cela ne se produit que dans trois cas de figure :

- **si certains de vos voisins sont par ailleurs des amis** et que vous vous rendez régulièrement chez eux, ou l'inverse ;
- **si votre infestation est très avancée** et que les punaises prolifèrent, quelques-unes se sentiront peut-être une âme d'aventurière ;

Cher/Chère proche de...,

Malheureusement, ... s'est aperçu(e) qu'il/elle partageait son logement
avec des colocataires particulièrement désagréables : des punaises de lit.
Rassurez-vous, il y a peu de chances que vous ayez été contaminé(e) vous aussi.
Mais cela n'étant pas totalement à exclure, il est important que vous sachiez recon-
naître les signes précoces d'une infestation.
La plupart du temps, le premier indice de la présence de punaises de lit
est l'apparition de petits boutons rouges et peu enflés qui ressemblent à ceux causés
par un moustique. On peut y être plus ou moins allergique, il est donc possible
que certains ne développent pas de boutons du tout tandis que d'autres,
à l'inverse, auront des boutons plus conséquents.
Par ailleurs, au bout de quelques semaines d'infestation, on peut trouver sur son
sommier ou son matelas différents signes caractéristiques de la présence de punaises
de lit. Soit des punaises elles-mêmes aux différents stades de leur développement :
Soit des traces de leur passage, telles que :
• les déjections, qui ressemblent aux taches laissées par un stylo-plume
que l'on aurait secoué ;
• les mues, qui ont l'aspect de petites coquilles jaunes translucides.
Encore une fois, il est heureusement peu probable que vous soyez touché(e) ; restez
simplement vigilant(e) dans les semaines qui viennent pour ne prendre aucun risque.
J'en profite pour vous encourager à épauler... pendant cette période délicate.
Le traitement anti-punaises de lit est une épreuve particulièrement éprouvante,
et il/elle aura donc bien besoin de votre soutien. Alors, bien sûr, pour le moment,
les dîners et apéros n'auront pas lieu à son domicile, mais n'hésitez pas à l'inviter
pour lui apporter du réconfort ! Pas d'inquiétude, il/elle sait parfaitement quelles
précautions prendre pour ne pas ramener de punaises en cas de visite à des proches.
Je vous remercie par avance pour votre vigilance et votre aide, et
vous souhaite de ne plus jamais entendre parler de moi !

Cordialement,

Nicolas Roux de Bézieux

- **si dans la panique vous avez jeté des meubles ou des affaires sans les emballer préalablement.** Dans ce cas, il est possible que vous ayez fait tomber quelques punaises dans la cage d'escalier et qu'elles soient allées chercher refuge chez un voisin.

Si vous n'êtes dans aucune de ces situations et que vous pensez avoir identifié la cause de votre infestation, il n'est alors pas forcément nécessaire de les alerter, car cela pourrait semer la panique dans l'immeuble (ou, en tout cas, vous valoir quelques regards de travers de la part de la voisine du cinquième dans l'ascenseur).

En revanche, si vous êtes dans une des situations évoquées plus haut, ou que vous suspectez que votre infestation provienne de chez un voisin, mieux vaut faire un état des lieux rapidement. Si plusieurs appartements sont touchés, voire que l'infestation est généralisée, il faudra que des mesures soient prises à l'échelle de l'immeuble.

Pour ce faire, la solution la plus simple reste le **porte à porte**. Mais il est parfois compliqué d'obtenir des réponses sincères au sujet des punaises de lit, certaines personnes ayant (à tort) honte d'en parler et préférant passer le sujet sous silence. Dans ce cas, un **sondage anonyme** sous la forme d'un mot laissé dans la cage d'escalier ou dans l'ascenseur peut se révéler efficace. En flashant le QR code ci-contre vous trouverez un modèle que vous pouvez copier-coller et imprimer. Ce sondage pourrait en plus avoir pour effet d'encourager le syndic à prendre des mesures si le problème n'était pas limité à votre appartement.

↑

Désinsectisation des parties communes d'un immeuble par un professionnel

Scannez le QR code ci-dessous pour visualiser un exemple de mot adressé au voisinage.

↓

Étape 5

Tourner la page

Bonne nouvelle : il y a un « après-punaises de lit » ! Même si, j'en conviens, il est parfois compliqué de passer à autre chose après autant de stress et d'efforts, surtout lorsque l'infestation a été complexe à éradiquer. Entre la crainte que le problème ne soit pas vraiment réglé, et la hantise de se découvrir de nouveau, un jour ou l'autre, d'irritantes colocataires, vous pouvez légitimement avoir quelques difficultés à tourner la page. Voici donc des clés pour parvenir à vous détendre et à reprendre une vie presque normale, sans se soucier trop des punaises.

Passe-moi la lampe de poche, j'ai un doute...

Quand peut-on être certain que c'est fini ?

Une fois le traitement réalisé débute une période assez stressante : l'attente du verdict. Vous devrez patienter quelques semaines avant de pouvoir vous déclarer officiellement débarrassé de vos hôtes.

Bien que vous ayez certainement hâte de passer à autre chose, de déballer vos affaires et de reprendre une vie normale, prenez le temps de vous assurer que le traitement a bien fonctionné. Sinon, vous risquez de devoir retraiter l'intégralité de votre linge !

Pour commencer, gardez bien en tête deux choses :

1. Vous êtes sur la bonne voie ! Vous avez effectué le traitement, respecté les protocoles, vos chances de succès sont donc très bonnes.

2. Même si cette phase d'attente est longue et toujours assez stressante, ça y est, le gros du travail est derrière vous ! Vous allez donc pouvoir vous reposer un peu.

Les punaises de lit piquent en moyenne tous les 4 à 10 jours, et un œuf met une quinzaine de jours à éclore. En faisant une simple addition et en prenant une marge de sécurité, on considère donc qu'après un mois entier sans piqûre, vous êtes débarrassé des punaises ! Petit rappel : dans le cas où des insecticides ont été utilisés, vous pouvez encore être piqué jusqu'à 10 jours après le dernier traitement sans que cela signifie qu'il n'a pas fonctionné.

Quelques conseils pour faciliter cette étape :

- Si vous suivez un traitement antihistaminique (à cause des piqûres ou pour un autre motif), il peut être préférable de l'arrêter quelque temps en accord avec votre médecin. En effet, il risquerait de limiter votre réaction aux piqûres de punaises et donc de biaiser le diagnostic.
- Par ailleurs, chez certaines personnes, les boutons laissent des traces plusieurs jours, voire plusieurs semaines. Si c'est votre cas, vous aurez sans doute du mal à distinguer les anciennes piqûres des éventuelles nouvelles. Pour éviter de vous angoisser inutilement, la solution la plus simple (bien que peu esthétique) consiste à faire une marque au stylo à côté de vos boutons existants pour parvenir à les différencier.
- Si vous n'êtes pas, ou peu, réactif aux piqûres, évidemment cet indicateur ne va pas beaucoup vous aider. Dans ce cas, je vous recommande vivement de faire appel à une détection canine post-traitement (voir à ce sujet le chapitre « Le meilleur ami de l'Homme – Dans quels cas privilégier une détection canine ? » page 39). Cela vous évitera de devoir attendre plusieurs mois que l'infestation se développe à nouveau et que des traces soient visibles. En plus, en cas de mauvaise nouvelle, le diagnostic canin vous permettra de cibler un peu plus précisément les zones de résistance. Cela pourra faciliter le travail de l'entreprise pour le traitement suivant.

Ils racontent

« **Après de multiples traitements,** *les piqûres ont enfin fini par s'arrêter. Mais comme nous avons été infestés en plein été et que nous vivons près d'un plan d'eau, chaque piqûre de moustique ravivait notre stress pendant les mois qui ont suivi ! Heureusement, je ne réagis pas exactement de la même manière aux piqûres de punaises et à celles des moustiques, cela nous permettait donc de faire le distinguo !* »

Cécile

Victime des punaises en 2020

Pas de panique !

Si malheureusement, *comme cela arrive dans un cas sur cinq en moyenne, le traitement n'a pas fonctionné, tentez de garder votre sang-froid. Cela ne signifie en rien que vous ne réussirez pas à vous débarrasser des punaises, mais simplement que plusieurs passages de l'entreprise seront nécessaires. Si vous avez choisi une intervention avec une garantie de résultat, cela n'engendrera pas de frais supplémentaires. Par ailleurs, ne culpabilisez pas : le fait que le traitement se soit soldé par un échec ne veut pas dire que vous n'avez pas fait les choses correctement. Cela peut arriver même quand vous respectez le protocole à la lettre. De plus, rassurez-vous, cela ne va pas entraîner un surcroît de travail pour vous. Il vous faudra juste attendre un peu plus avant de déballer vos affaires et de reprendre une vie normale.*

Une fois que vous êtes certain que l'infestation est terminée, vous pouvez déballer vos affaires traitées et les ranger dans vos placards. Soyez extrêmement vigilant pour ne pas confondre un sac d'affaires sain et un sac dont vous ne vous seriez pas encore occupé. Respectez bien le protocole de traitement (voir le chapitre « Ça, ça passe à 60, tu crois ? – Comment traiter son linge », page 101), car il est fréquent de voir des infestations repartir à cause d'un sac d'affaires pas ou mal traitées, ce qui, pour le coup, a de quoi décourager !

Si après plusieurs semaines ou mois de tranquillité, vous voyez soudain l'infestation redémarrer, ce n'est pas que le traitement n'a pas fonctionné, car les punaises ne seraient pas restées inactives aussi longtemps. Elles peuvent survivre jusqu'à 18 mois sans se nourrir si elles n'ont pas le choix (par exemple lorsqu'elles sont enfermées dans un sac). Mais si elles sont « en liberté », elles ne restent pas dans un coin sans rien faire. Dans un tel cas, il faut **essayer d'identifier la cause du problème pour que cela ne se reproduise pas** : est-ce que l'un de vos voisins ou l'un de vos proches est touché ? Avez-vous récemment rouvert un sac qui aurait pu ne pas avoir été traité, ou bien imparfaitement ? Votre résidence secondaire ne serait-elle pas infestée, ou votre bureau ? Avez-vous pu ramener des punaises d'un endroit touché sans rapport avec votre première infestation ?

Pour éviter tout risque de réinfestation, il importe donc d'**identifier rapidement d'éventuels foyers secondaires** (voir sur le sujet le chapitre « Allô, François ? Tu vas rire... – Pourquoi et comment en parler à ses proches », page 128).

Je te dis que ça me gratte !

Comment éviter de devenir parano

Après des semaines de piqûres et de lutte acharnée, auxquelles s'ajoutent les semaines de suspense que nous venons d'évoquer dans le chapitre précédent, voilà bientôt plusieurs mois que vous pensez punaises de lit du matin au soir. Alors, comment tourner la page après ça ?

Je ne vais pas vous raconter d'histoires : après une infestation de punaises de lit, vous n'irez plus jamais à l'hôtel avec la même insouciance. Mais entre se montrer vigilant dans une situation à risque et développer un stress post-traumatique, il y a un (très) grand fossé ! Voici donc quelques pistes pour éviter de devenir totalement parano.

Tout d'abord, il vous sera plus facile de passer à autre chose si vous avez réalisé l'ensemble du protocole de traitement. En traitant au plus vite tous les sacs de linge que vous avez peut-être mis de côté, vous éviterez d'imaginer des punaises de lit en train d'attendre à l'intérieur chaque fois que vous ouvrirez vos placards !

Ensuite, il va falloir vous convaincre que ça y est, c'est fini ! Comme nous l'avons rappelé dans le chapitre précédent, les punaises de lit ne restent pas dans un coin plusieurs mois sans piquer. Donc, logiquement, après un mois sans boutons, le traitement a fonctionné, il n'y a plus de punaises

chez vous ! Si vraiment vous n'êtes pas rassuré, vous pouvez éventuellement **faire réaliser une détection canine** pour en avoir le cœur net. Ce n'est absolument pas indispensable si vous êtes réactif aux piqûres (vous êtes le détecteur le plus fiable qui soit), mais si cela peut vous aider à retrouver le sommeil, ne vous en privez pas.

Pour vous éviter un stress inutile, je vous recommande d'**entourer au stylo toutes les traces de la présence de punaises qui subsisteraient de l'infestation** que vous venez de subir. Je pense tout particulièrement aux éventuelles déjections qui pourraient être incrustées sur votre matelas, votre sommier ou vos draps. De cette manière, si vous tombez dessus par hasard, vous saurez aussitôt que ce sont de vieilles traces et vous ne basculerez pas dans une crise d'angoisse !

Une fois que vous n'avez plus (ou presque plus) de doutes sur le fait que les punaises ont bien été éliminées, il ne faut pas vous empêcher de vivre au prétexte d'éviter tout risque de réinfestation ! Vous pouvez et vous devez évidemment continuer de voyager, d'aller au cinéma, d'acheter des objets d'occasion... Bien sûr, il conviendra de **respecter les quelques consignes de prévention** évoquées dans les chapitres suivants, mais c'est tout ! Maintenant que vous connaissez le problème, et en appliquant quelques « gestes barrières » simples, la probabilité que vous rameniez de nouveau des punaises de lit est infinitésimale.

Il ne sert donc à rien d'inspecter votre sommier toutes les semaines à la recherche de nouvelles traces ! Si vous ne pouvez pas vous en empêcher, ou que vous n'êtes pas réactif aux piqûres, il est néanmoins possible d'**installer de petits pièges détecteurs** entre votre sommier et votre matelas. Si malheureusement vous faites face à une nouvelle infestation, une punaise finira par s'y prendre au bout de quelques semaines. Il vous sera plus simple d'y jeter un œil pour vous rassurer lorsque vous changez les draps, plutôt que de démonter votre sommier tous les dimanches.

Et quand bien même vous auriez la malchance d'être un jour victime d'une nouvelle infestation, vous vous en rendriez compte très rapidement, car vous êtes désormais au fait des différents signes de la présence de punaises de lit. Vous pourrez donc prendre le problème très tôt, et le protocole n'en sera que plus léger et plus efficace !

Malheureusement, j'ai bien conscience que dans certains cas ces éléments ne suffiront pas à vous rassurer complètement. Au même titre que toutes les statistiques du monde ne parviendront pas à tranquilliser une personne qui a peur de l'avion ! Si vous étiez trop angoissé à la suite de cette expérience, n'hésitez surtout pas à consulter votre médecin qui pourra vous accompagner.

Ils racontent

« **Deux mois après la fin de l'infestation,** *j'étais encore extrêmement stressée, même si je n'étais plus piquée. D'autant que le traitement dans l'appartement de mon ex-mari a commencé un peu après celui du mien, et que les enfants faisaient bien sûr des allers-retours réguliers. J'ai donc préféré faire passer un chien chez moi et chez lui pour être vraiment rassurée.* »

Jeanne

Victime des punaises en 2019

C'était donc ça !

Les causes d'infestation les plus courantes

Le nombre de situations dans lesquelles il est possible de ramener des punaises de lit chez soi est théoriquement quasi infini. Pour autant, il existe tout de même quatre catégories d'événements qui occasionnent à eux seuls la quasi-totalité des infestations.

Depuis que vous avez découvert la présence de ces hôtes indésirables à votre domicile, vous vous arrachez peut-être les cheveux pour tenter de déterminer d'où ils peuvent provenir. On peut distinguer deux types de sources : les sources ponctuelles et les sources potentiellement récurrentes. Selon qu'il s'agisse des unes ou des autres, l'attitude à adopter ne sera pas la même.

Il n'est pas toujours possible d'identifier de manière certaine la source d'une infestation, en particulier pour les personnes qui se rendent compte tardivement qu'elles sont touchées. D'après une étude d'Ipsos pour badbugs.fr publiée en 2021, 21 % des Français ayant été confrontés à des punaises de lit dans les 5 dernières années déclaraient ne pas savoir où et comment ils les avaient attrapées. Pour les autres, beaucoup hésitaient entre plusieurs sources possibles.

Ils racontent

« **Nous n'avons jamais** *réussi à savoir exactement d'où venaient les punaises. A priori, il y a deux possibilités : soit des cousins qui sont passés chez nous quelques jours directement à leur retour de New York, soit une palette de bois que nous avions récupérée pour fabriquer un canapé d'extérieur.* »

Claire

Victime des punaises en 2018

Les sources ponctuelles

Les sources ponctuelles sont bien sûr plus simples à prendre en charge pour vous. Ce sont aussi les plus fréquentes. On peut notamment citer :

- **un séjour dans un hôtel ou une location de vacances infesté.** C'est une des sources possibles pour 44 % des personnes touchées. Dans ce cas, il vous suffit de ne pas y retourner ;
- **l'emménagement dans un nouveau logement**, cité dans 20 % des cas. De la même manière, si c'est votre cas, il n'y a pas de risque de réinfestation. La plupart du temps, soit l'appartement était infesté avant votre arrivée, soit le problème vient du camion de déménagement – quelques punaises y ont peut-être été laissées par la personne l'ayant utilisé juste avant vous ;
- **les achats d'occasion et la récupération**, évoqués dans 5 % des cas. Là encore, le risque de réinfestation est faible, surtout si vous n'achetez plus d'articles auprès du vendeur en question.
- et, de manière moins fréquente, les cinémas, les livraisons en provenance d'un entrepôt touché, les emprunts de livres à la bibliothèque, etc.

↑
Le camion de déménagement peut être le vecteur d'une infestation.

Les sources récurrentes

Mais il existe aussi des sources d'infestation potentiellement récurrentes. Mieux vaut vous assurer que ce n'est pas votre cas, sans quoi vous risquez de réaliser un traitement et d'être de nouveau touché quelques semaines plus tard. Citons, entre autres :

- les proches (famille, amis), cités comme une source possible dans 17 % des cas ;
- les voisins, cités dans 13 % des cas ;
- ou encore la crèche des enfants, les aides à domicile (femme de ménage, baby-sitter, etc.),

Zoom sur…

Les causes d'infestation les plus fréquentes

C'est bien sûr l'une des premières questions que l'on se pose lorsque l'on découvre des punaises de lit chez soi : mais d'où viennent-elles ? La réponse est parfois évidente, par exemple si les symptômes débutent à la suite d'un séjour dans un hôtel infesté, mais ce n'est pas toujours aussi simple.

Quand on interroge à ce sujet les victimes d'infestat ion, plus d'une personne sur cinq n'en a aucune idée ; pour les autres, les causes possibles les plus courantes sont les voyages (44 %), les proches ou voisins touchés (30 %), et l'emménagement dans un nouveau logement (20 %).

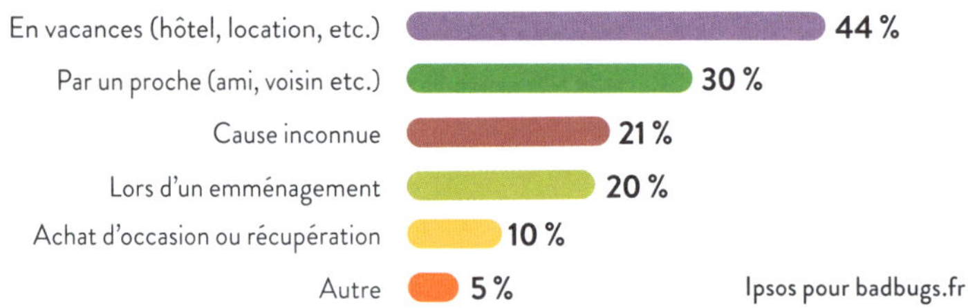

le lieu de travail (en particulier les salles de repos), etc.

Si vous pensez que la source de votre infestation peut faire partie de cette seconde catégorie, il est alors capital de le confirmer au plus vite de sorte que le problème soit pris en charge aussi là-bas et que vous ne soyez pas de nouveau exposé une fois votre traitement terminé (voir le chapitre « Allô, François ? Tu vas rire… – Pourquoi et comment en parler à ses proches », page 128).

Fort heureusement, la quasi-totalité des infestations peuvent être expliquées par un nombre réduit d'événements. Donc, si vous adoptez quelques bons réflexes et « gestes barrières » dans ces situations, vous ne devriez plus jamais avoir affaire aux punaises de lit de votre vie !

Ce qui me pique à Vegas reste à Vegas

Comment les éviter en voyage

Les voyages restent de très loin la principale cause d'infestation de punaises de lit. C'est pour cette raison que la « haute saison » de la lutte contre ces charmantes bestioles commence chaque année en juin, après les ponts du mois de mai, et s'étend jusqu'à octobre-novembre, avec les retours de vacances.

Tous les hôtels et locations de vacances peuvent être touchés par les punaises de lit. Il s'agit d'un coup de malchance. Que vous séjourniez dans des palaces, des auberges de jeunesse ou en mobile-home, vous pouvez rencontrer des punaises. La différence résidera plutôt dans la prise en charge du problème. En effet, un palace détectera sans doute plus vite l'infestation et cessera de louer la chambre touchée, alors que le processus sera peut-être plus long dans un hôtel moins coté.

Existe-t-il des hôtels ou des lieux plus souvent infestés que d'autres ? Vous ne serez malheureusement jamais à l'abri de louer une chambre après une personne infestée. Cependant, certains profils d'hébergements sont plus à risque : ceux qui accueillent des voyageurs en itinérance, enchaînant plusieurs hôtels ou locations à la suite.

Par exemple, en France, les hôtels qui jalonnent les chemins de randonnée, et notamment la route de Saint-Jacques de Compostelle, sont

> ## *Ils racontent*
>
> « **Un an après mon infestation,** *j'ai dû me rendre dans un hôtel un peu douteux pour un voyage professionnel. En arrivant dans ma chambre, j'avais un mauvais pressentiment, j'ai donc laissé ma valise dans le couloir. Quand j'ai inspecté le matelas, je me suis rendu compte qu'il était emballé dans une housse anti-punaises de lit. En transparence, je pouvais voir les déjections de punaises ! En regardant un peu partout, j'ai relevé quelques autres traces à côté du lit. En faisant un tour rapide des avis sur Internet, je me suis aperçue que de nombreuses personnes avaient laissé des avis négatifs à ce sujet... J'aurais dû regarder avant. J'ai donc pris ma valise et j'ai traversé la ville au milieu de la nuit pour changer d'hôtel. En rentrant, par sécurité, j'ai placé ma valise au congélateur pendant une semaine !* »
>
> **Jeanne**
>
> *Victime des punaises en 2019*

particulièrement concernés. En effet, il suffit qu'une auberge soit infestée pour que les voyageurs colportent ensuite les punaises dans toutes les suivantes. De la même manière, les hôtels et locations destinés aux voyageurs d'affaires sont plus exposés à ce risque. Cela ne veut pas dire qu'il faut abandonner ces lieux de séjour, simplement qu'il faut y renforcer votre vigilance !

Comment minimiser les risques au moment de réserver son hébergement ? En règle générale, si une infestation importante touche un hôtel ou une location saisonnière, cela se retrouve rapidement dans les commentaires des visiteurs. N'hésitez pas à jeter un œil en amont sur ce mot-clé spécifique lorsque vous choisissez votre hébergement ! Il est à noter qu'une célèbre plate-forme de locations de courte durée bloque désormais les annonces ayant fait l'objet d'un signalement pour la présence de punaises. Le propriétaire doit alors apporter la preuve que le problème est réglé avant de remettre son bien en location.

Que faut-il inspecter en arrivant dans une chambre ou un logement ? Il n'est évidemment pas question de démonter tout le mobilier de votre chambre d'hôtel ou de votre location chaque fois que vous voyagez. C'est d'autant plus vrai si vous êtes réactif aux piqûres de punaises, car dans ce cas vous serez très vite alerté en cas de problème. Cependant, pour éviter ce type de désagrément, je vous recommande d'examiner systématiquement la zone de la tête du lit à la recherche de punaises ou de déjections. C'est statistiquement l'endroit où vous avez le plus de chance de trouver des traces si des insectes sont présents.

Vous pouvez retirer le haut des draps pour inspecter le matelas, soulever légèrement ce dernier pour regarder le sommier, et enfin décaler le lit du mur pour examiner la plinthe derrière la tête de lit. Ce n'est pas infaillible, mais de cette manière vous aurez acquis la certitude qu'une infestation importante n'est pas en cours dans votre chambre. Restez par la suite vigilant si au cours de votre séjour des piqûres suspectes apparaissent.

Quels gestes barrières faut-il mettre en place? Même si votre inspection n'a rien révélé d'inquiétant, mieux vaut adopter par sécurité de bons réflexes pour prévenir tout risque. Essayez autant que possible de poser votre valise dans les endroits les moins exposés, c'est-à-dire loin du lit et en hauteur, par exemple sur un bureau. Ne laissez pas votre valise ouverte, ni vos affaires traîner dans la chambre, en particulier le linge sale, plus attirant pour les punaises. En flashant le QR code ci-contre, vous trouverez un tuto vidéo qui récapitule ma routine en arrivant dans un hôtel.

Que faire en cas de doute? Si vous avez la moindre suspicion, traitez systématiquement votre valise et son contenu. Dans l'idéal, essayez de le faire avant de rentrer chez vous. Si ce n'est pas possible, emballez toutes vos affaires dans des sacs-poubelles bien fermés avant de quitter le lieu d'hébergement incriminé. De cette manière, les éventuelles punaises ne pourront pas s'échapper, ni dans votre voiture ni chez vous. Placez-les ensuite au congélateur de préférence, pour ne pas avoir besoin d'ouvrir les sacs chez vous.

Si vous respectez ces quelques consignes assez peu contraignantes, vous pouvez être certain de ne jamais ramener de punaises d'un voyage (mieux vaut rapporter une boule à neige, c'est un souvenir moins encombrant...). Vous éliminerez ainsi de votre vie la principale cause d'infestation!

↑

Un séjour à l'hôtel ou en location peut être à l'origine d'une réinfestation.

Flashez ce QR code pour une synthèse des bons réflexes à adopter lors d'un séjour dans un hébergement de tourisme.

↓

Chinez malin,
chinez serein

Comment les éviter lorsqu'on fait des achats d'occasion

La récupération et les achats de seconde main ont le vent en poupe pour de nombreuses très bonnes raisons. Ce n'est pas la cause d'infestation la plus fréquente, mais elle est très facile à prévenir en respectant quelques principes.

Acheter d'occasion ou faire de la récupération présente le double mérite d'être économique et écologique. Mais si ces pratiques doivent vous conduire à dépenser plusieurs centaines d'euros pour réaliser un traitement chimique contre les punaises de lit, elles perdront de leur intérêt tant sur le plan financier que sue celui du développement durable !

Les affaires d'occasion ou disponibles à la récupération sont malheureusement à risque pour plusieurs raisons. Pour commencer, plus d'un million de personnes étant victimes chaque année des punaises de lit en France, le vendeur pourrait par manque de chance être l'une d'entre elles.

Mais, au-delà de ça, **les affaires des personnes touchées ont plus de chances que les autres d'être récupérées ou achetées d'occasion**. En effet, une infestation de punaises de lit est souvent l'occasion de faire du tri, et de nombreux objets sont généralement jetés dans ce contexte.

Malheureusement, certains revendeurs peu scrupuleux ou ignorant le problème récupèrent ces affaires en bon état sur le trottoir pour les proposer à la vente. Vient s'ajouter à ce phénomène le fait que des personnes démunies n'ont d'autre choix que de vendre certaines affaires pour financer des traitements parfois coûteux.

Lorsque vous faites des achats d'occasion ou de la récup, il vous faudra donc désormais identifier trois types d'objets : ceux à éviter à tout prix, ceux qui se traitent facilement, et enfin ceux pour lesquels la vigilance est de mise.

Commençons par les **objets à éviter** : les sommiers, matelas, canapés et autres fauteuils sont évidemment à proscrire. Ils sont très souvent jetés (à tort) lors des infestations, et il vous sera quasiment impossible de les traiter avant de les introduire chez vous. De plus, s'ils proviennent d'un logement touché, ce sont a priori

Les articles vendus en brocante peuvent être porteurs de punaises.

↓

des éléments de mobilier qui contiennent la plus grande quantité de punaises. Mieux vaut donc vous abstenir.

Il existe heureusement un grand nombre d'objets avec lesquels vous ne prenez aucun risque : tous ceux que vous pouvez congeler quelques jours. Font partie de cette catégorie les vêtements, les jouets de petite taille, les livres, et plus généralement toutes les affaires peu encombrantes qui ne contiennent pas de batteries. Dans l'idéal, pour ne pas tenter le diable, emballez-les avant même de rentrer chez vous et glissez-les entre les petits pois et les glaces aux fraises pendant 5 jours.

Pour tous les objets qui ne sont pas particulièrement à risque, mais qui sont trop encombrants pour entrer dans votre congélateur, et pour les appareils électroniques, soyez vigilant. Inspectez bien les recoins à la recherche de traces éventuelles et, dans la mesure du possible, traitez-les avec un appareil vapeur dès que vous les entreposez chez vous.

Examinez aussi avant de les récupérer tous les objets liés aux punaises de lit présentant un fort risque d'infestation : par exemple soyez sur vos gardes lorsque vous achetez d'occasion ou que vous louez des machines vapeurs, des housses anti-punaises, de (très bons) guides de survie...

Pour résumer, congelez 5 jours tout ce que vous achetez ou récupérez lorsque c'est possible. Pour le reste, abstenez-vous, ou soyez particulièrement vigilant et réalisez un traitement vapeur lorsque c'est faisable.

Faites comme chez vous, posez les manteaux sur le lit !

Comment les éviter dans les autres situations du quotidien

Les voyages et les achats d'occasion sont les deux sources d'infestation que vous pouvez assez facilement contrôler presque totalement. Pour les autres, malheureusement, il n'existe pas de méthodes miracles, même si vous vous mettrez généralement à l'abri en adoptant un certain nombre de réflexes de prévention, notamment en présence de vos proches ou de vos voisins, ou encore lors de votre emménagement dans un nouveau logement.

Vos amis et votre famille

Bien évidemment, vous voyez régulièrement vos proches chez vous ou chez eux. Les occasions de s'échanger des punaises de lit en cas d'infestation ne manquent donc pas.

La plupart du temps, ces contaminations ont lieu avant même que le problème ne soit identifié. En effet, comme vous sans doute, durant toute la période où ils ignorent qu'ils sont touchés, vos amis et votre famille continuent de vous inviter chez eux et de se rendre à votre domicile sans prendre de précautions particulières.

Bon à savoir

Les conseils des personnes qui s'en sont sorties

Certes, plein de bons conseils pour venir à bout des punaises vous sont distillés tout au long de cet ouvrage, mais qu'en disent les personnes qui s'en sont sorties ? Leurs deux premières recommandations sont de faire appel à une entreprise spécialisée et de ne pas trop traîner. Par ailleurs, elles inciteraient aussi un proche touché à faire attention aux arnaques et à être très rigoureux sur le respect du protocole (pour mettre en application ces excellents conseils, voir les chapitres « Grand ménage de printemps – Comment préparer son logement », page 98, et « Cherche partenaire particulier – Comment choisir une entreprise de traitement sérieuse et éviter les arnaques », page 81).

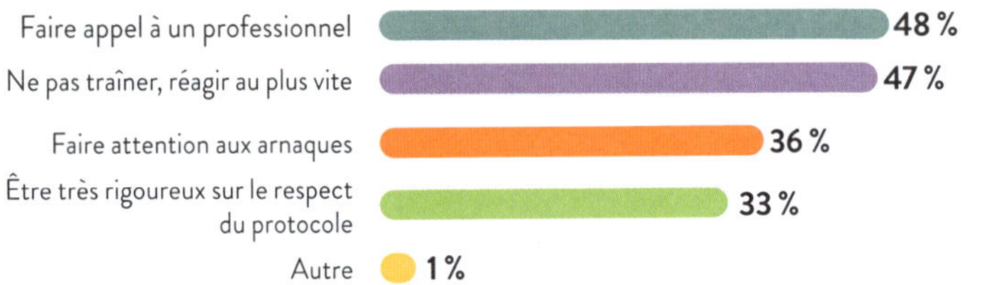

Ipsos pour badbugs.fr

Une très mauvaise habitude tend à faciliter ces échanges : le fait de déposer ses affaires dans une chambre. Combien de fois, lors d'un dîner, vous a-t-on proposé de laisser votre manteau ou votre sac à main sur le lit ? Malheureusement, si des punaises sont présentes dans le logement, vous placez vos affaires dans la zone où elles sont le plus nombreuses. D'autant plus que cette pièce restera généralement dans le noir durant toute la soirée, favorisant ainsi leurs déplacements. Privilégiez donc le dossier de votre chaise ou un portemanteau !

Par ailleurs, n'hésitez pas à faire de la pédagogie en partageant quelques conseils de prévention avec vos proches et en leur décrivant les signes précoces d'une infestation. De cette manière, vous leur épargnerez peut-être une expérience douloureuse. Et si cela devait leur arriver, ils comprendront plus vite ce qui se passe et ils renonceront à vous inviter en cas de doute. **La pédagogie est donc de très loin l'arme numéro un pour éviter d'être contaminé par vos proches !** Elle a un seul effet indésirable : vous allez devenir l'expert punaises de lit au sein de votre groupe d'amis. Vous n'êtes donc pas à l'abri de recevoir des photos de piqûres suspectes à 3 heures du matin de la part d'une amie de votre grande cousine qui a un doute (voir le chapitre « Allô, François ? Tu vas rire... – Pourquoi et comment en parler à ses proches », page 128).

Vos voisins

Comme avec vos proches, la pédagogie est l'arme la plus efficace avec vos voisins. Elle permet à la fois de leur éviter d'être touchés, et de prendre les choses en charge vite et bien en cas de besoin. Sauf si leur infestation est hors de contrôle, ainsi que nous l'avons vu plus haut, vos voisins propagent généralement des punaises lorsqu'ils jettent des meubles et des affaires dans la panique, sans les emballer. Mieux vaut

→

Literie abandonnée révélant une possible infestation du voisinage

donc qu'ils vous identifient comme l'expert de l'immeuble et qu'ils profitent de vos conseils s'ils devaient être touchés un jour.

Cependant, en fonction de la configuration de votre immeuble et des relations que vous entretenez avec vos voisins, il n'est pas toujours possible de discuter punaises de lit sur le palier. Soyez donc à l'affût des **signes révélateurs d'une infestation** dans les parages de l'immeuble : des matelas ou des sommiers en bon état sur le trottoir devant chez vous par exemple. Dans ce cas, n'hésitez pas à rendre visite au voisin que vous aurez identifié, ou à glisser nonchalamment ce livre dans sa boîte aux lettres…

L'emménagement dans un nouveau logement

Lors d'un emménagement, vous pouvez être infesté soit via le transporteur, soit parce que des punaises sont déjà présentes dans votre nouveau domicile. Concernant le camion de déménagement, vous ne pouvez hélas pas faire grand-chose si ce n'est demander aux déménageurs d'utiliser des couvertures neuves et d'emballer au mieux vos affaires en amont.

En revanche, pour le logement dans lequel vous emménagez, deux solutions sont possibles : d'une part, il est toujours préférable lors de votre visite de **rester attentif aux traces de punaises** que vous pourriez repérer sur les plinthes notamment ; d'autre part, il est possible de **faire réaliser une détection canine préventive** avant d'emménager pour vous assurer que le logement est sain, en particulier dans le cas d'un achat (pour en savoir plus, voir le chapitre « Le meilleur ami de l'Homme – Dans quels cas privilégier une détection canine ? » page 39).

De manière générale

Si vous avez le moindre doute dans une situation du quotidien : au cinéma, dans un taxi, dans une salle de repos au travail, etc., déshabillez-vous sur le palier avant de rentrer chez vous (ça fera un savoureux sujet de discussion lors de la prochaine fête des voisins). Emballez ensuite vos affaires et congelez-les 5 jours, ou lavez-les à 60 °C et passez-les au sèche-linge.

Les Anglo-Saxons disent souvent à propos des punaises : *« Once in, never out »* (« Une fois rentrées, impossible de les faire sortir »). C'est heureusement faux, mais il est effectivement beaucoup plus simple de traiter par sécurité les affaires que vous portez, plutôt que de devoir réaliser tout le protocole dans votre appartement quelques semaines plus tard, une fois l'infestation installée !

Ils racontent

*« **À force de donner des conseils à tous mes amis** et amis d'amis concernés par les punaises, j'aurais presque pu me lancer dans le coaching ! C'est stupéfiant le nombre de personnes touchées ou qui l'ont été dans notre entourage. Bien sûr, par moments, c'est un peu compliqué de prendre le temps, mais j'ai dû apprendre tellement de choses pour venir à bout des punaises que je suis contente de donner quelques conseils et de ne pas avoir appris tout ça pour rien ! »*

Claire

Victime des punaises en 2018

Index

T

V

Chère lectrice, Cher lecteur,

J'ai essayé tout au long de cet ouvrage d'être le plus exhaustif possible, j'espère sans trop vous assommer. Mais en matière de punaises de lit, chaque situation est, bien sûr, toujours un peu spécifique.

Si vous avez encore des questions sans réponses et/ou besoin d'aide pour choisir une entreprise de traitement sérieuse, n'hésitez pas à prendre contact avec les équipes Badbugs. Que ce soit sur le chat, au standard ou lors d'une téléconsultation, nous ferons tout pour vous accompagner au mieux dans votre bataille !

Alors, à très bientôt sur www.badbugs.fr,

Nicolas

Remerciements

Je tiens à exprimer ma gratitude à toutes les personnes victimes des punaises qui ont gentiment accepté d'apporter leur précieux témoignage dans cet ouvrage. Un vif merci à Anne, Arnaud, Cécile, Christian, Claire, Jeanne, Hakim, Hellène et Victoire.

Crédits des illustrations

Photographies
© Nicolas Roux de Bézieux/badbugs.fr : p. 6, 7, 8, 30, 35, 37, 42, 45, 69, 124.

© Adobe Stock : p. 10 : 3drenderings ; p. 16 : crystaleyestudio ; p. 20 : schankz (haut), panyawat (milieu), EvgeniyQW (bas) ; p. 23 : Vadim ; p. 34 : crystaleyestudio ; p. 40 : Jumo ; p. 47 : Simon ; p. 51 : yurakrasil ; p. 58 : Mediteraneo ; p. 61 : nadezhda07_07 ; p. 64 : flashgun ; p. 74 : xartproduction ; p. 105 : monamakela.com ; p. 109 : Andrii ; p. 121 ; p. 133 : dusanpetkovic1 ; p. 140 : stokkete ; p. 143 : New Africa ; p. 147 : terovesalainen ; p. 149 : Bernd Rehorst ; p. 154 : Bruno Bleu.

© Shutterstock : p. 27 : Mr.Parichat chaikuad ; p. 30 : OttoPles ; p. 77 : Aleksey Dushutin ; p.97 : New Africa ; p. 111 : whitejellybeans ; p. 113 ; p. 115 : Hortimages ; p. 122 : StockphotoVideo ; p. 130 : Phovoir.

Dessins et infographies
© Jean-Yves Grall : p. 5, 9, 11, 13, 14, 17, 19, 20, 21, 22, 26, 29, 32, 33, 36, 39, 45, 46, 50, 53, 54, 59, 63, 71, 73, 78, 79, 82, 85, 86, 87, 88, 95, 100, 102, 104, 108, 112, 114, 118, 119, 129, 132, 136, 139, 144, 145, 150, 152, 153, 159, 160.

Photogravure Chromostyle
Imprimé en Espagne par MACROLIBROS, SL
Dépôt légal : avril 2022
329308/01 – 11048238 février 2022